私が愛した
サムライの娘

鳴神響一

時代小説文庫

角川春樹事務所

本書は二〇一四年十月に小社より単行本として刊行されました。文庫化にあたり、一部を加筆・修正しました。

目次

巻末解説・吉川邦夫

私が愛したサムライの娘

序章　おらんだ入船《いりふね》

にわか雨が上がった。帆柱の上に、七色の虹《にじ》が輝いた。

（おお、こんなに素晴らしい虹がわたしを迎えてくれたか）

東空の彩りが、男には日本《ハポン》で待つ日々を象徴するように思えた。

男は鈍く光る真鍮《しんちゅう》の士官用望遠鏡を右目に当てた。入江の奥で、水蒸気の幔幕《まんまく》に隠されていた長崎の街がきらびやかな姿を現した。

「あれが……出島なのだな」

男は、この船の上で口に出すことを許された、父の国の言葉であるネーデルラント語でつぶやいた。

扇形の島は刻一刻とその距離を近づけている。石垣の上に築かれた白い塀に囲まれた陸地には、東洋風の黒瓦《くろがわら》と白い漆喰《しっくい》壁で作られた建物が三十数棟、隙間《すきま》なく建ち並んでいた。

望遠鏡を目から離すと出島は消え、再び眼下の眺めが拡がった。

長い二本の艪《ろ》を持つ二艘《そう》の屋根付きの小型船《バルカーサ》が近づいてくるのが視界に飛び込んできた。

先頭の船が左舷に漕《こ》ぎ寄せてきた。船尾に立てられた金箔《きんぱく》を圧した大きな幟《のぼり》には、墨も黒々と『入船見物旅　客饗應遊船』と漢字で記されている。

船に座る人々は表情まで見て取れるほどの距離に近づいていた。身を乗り出してくしゃくしゃの笑い顔でレーヘンボーフ号を指さしている者もいれば、真っ赤な酔顔の老人も見えた。

後ろの船には、色とりどりの細かい文様を持つガウン《バタ》をまとい、不思議な巻き髪をきりっと結い上げた五人の女が乗っていた。

（あの女たちは、サムライの娘なのか……）

男の胸は高鳴った。

視線を凝らしていると、船尾に近いところに乗っている白い民族衣装を身につけた女の一人が立ち上がった。次の瞬間、切れ長の澄んだ瞳《ひとみ》と男の目が合った。

物見船の船尾から一閃《いっせん》の光芒《こうぼう》が射《さ》すように感じられ、男は両眼《りょうめ》をしばたたいた。

（希望の聖母《エスペランサ・デ・マカレナ》だ！）

男は口元まで出かかったエスパーニャ語を呑《の》み込んだ。法衣にも似た白い絹織物のためもあろう。ざくろ《グラナダ》を思わせる小さな朱唇が印象的な女だった。愁いを含んだその相貌《かお》は、聖堂の中で無数の蠟燭《ろうそく》に照らされて光る涙が可憐《かれん》な、聖マカレナ教会のマリア像を思わせた。

聖母のごとき女に、男は何かメッセージ《メンサヘ》を伝えたくなった。東空を見上げると、入江に架かる虹は輝きを失っていなかった。

男は右手を大きくさし延べて、虹の架け橋を指さした。男……出島蘭館に上外科医として赴任するヘンドリック・ファン・デル・ハステルは、日本《ハポン》への期待に胸を躍らせていた。

（異人さん……それは、わたしに向けた仕草なのかえ）

女は阿蘭陀《オランダ》船の合羽《かっぱ》（甲板）をまじまじと見つめた。

蘭人は、鶯色《うぐいすいろ》の筒袖《つつそで》の右腕を大平山に向け、東空に架かった虹を指さしている。

（やはり、わたしを見ておられるようじゃ）

灰白色の髪を持つこの男の瞳は、真《ま》っ直《す》ぐに女に向けられていた。虹を指す仕草は、たしかに自分に向かって送られている。

女は、身体《からだ》を前に折って一礼した。

顔を上げると、合羽の男は白い歯を見せ、嬉《うれ》しげにうなずいた。

（紅毛人も我らと等しく笑うものと見ゆる）

自分の歓迎の気持ちが伝わった気がして嬉しかった。

「太夫《たゆう》。危ない危ない。船の上で立っちゃいけない。いくら夏の盛りとはいえ、海へ落ちたら大騒動じゃないかい」

振り返ると、大坂の富商「泉屋《いずみや》」の長崎出店を差配する番頭が、両手を前に突き出してせわしなく振っていた。

「甲比丹《カピタン》に丸山の妓《おんな》の形装《なり》を見せようと思うただけじゃ」

女は腰を下ろして素っ気なく答えた。

今日の身仕舞いは、光沢も鮮やかな綾《あや》織りの白縮緬《ちりめん》に、花吹雪のように細かく金糸を散らした新しい意匠が見せ所である。

「きれい妓《こ》揃《ぞろ》いの丸山でも、縹緻《きりょう》並ぶ者なしという、長門《ながと》屋《や》は満汐《みちしお》太夫との道行きだ。今日の船遊びは、あたしも鼻が高いよ。けれども、肝心の曾《そ》我十郎《がじゅうろう》の役を蘭人に盗《と》られちまったんじゃ形なしじゃあないかい」

船遊びは、この番頭から誘いを受けた。丸山の遊女たちは外出も許されているので、客からの誘いとあれば、断る術《すべ》はなかった。

丸山の売れっ妓《こ》、満汐は仮の姿。御三家筆頭である尾張徳川《とくがわ》家の甲賀忍び望月雪野《もちづきゆきの》が女の本性だった。

幾多のギヤマンの窓を持つ船尾楼が視界を覆って陽《ひ》をさえぎった。蘭船の船尾に廻《まわ》った見物船は、見る見る大きな翳《かげ》に入った。

（さながら不落の城の如《ごと》くあるわえ）

満汐は一人の男の面影を心に浮かべた。江戸にいる諏訪左内《すわさない》は、御側組《おそばぐみ》甲賀同心の組頭として女を差配する中忍《ちゅうにん》に当たる。

左内は七代尾張徳川家当主宗春《むねはる》の直々の命を受けて『隠秘御用《おんぴごよう》』をつとめていた。

幼い頃から師と仰ぎ、兄とも慕っていた左内が、蘭船が作る翳のなかで摩利支天《まりしてん》を思わせる姿で、じわじわと大きくなっていった。

夕凪《ゆうなぎ》前の潮風が、頰《ほお》を撫《な》でて通り過ぎていった。四月ほど前の下総《しもうさ》高岡でのつとめを、雪野は思い出していた。

第一章　雪野、『筑後守覚書』を奪う

1

利根川から吹く北西の微風に梅の香が漂う。

深更、丑《うし》の下刻（午前二時半頃）を廻《まわ》っている。宵のうちに三日月が沈んだ空は澄んで、満天の星が輝いていた。

下総高岡一万石、井上《いのうえ》家陣屋の奥御殿へ続く西渡り廊下に、雪野は立っていた。

如月《きさらぎ》の初めのこととて、夜明けが近づくにつれて冷え込みが厳しさを増して来た。白足袋の足裏に、冷えた板床の凛《りん》とした感触が心地よい。

白鉢巻きに襷《たすき》掛け、薙刀《なぎなた》を小脇に掻《か》い込んでの宿直《とのい》番は、あと一刻（約二時間）ほどで明ける。

十日前に、尾張徳川家で御側《おそば》御用人を務める星野織部《ほしのおりべ》が、雪野をこの陣屋に送り込んだ。織部はまた、家中で「御土居下衆《おどいしたしゅう》」と称されている、雪野たち甲賀同心の束ねでもあった。

この陣屋の主、五代当主の山城守正森《やましろのかみまさもり》は、大坂加番に任じられているために、高岡に戻る折はほとんどない。

むろん、正室と子女は江戸下谷の上屋敷におり、高岡陣屋は留守屋敷のようなものだった。いきおい、警備も手薄く、雪野が御端《おはした》として雇い入れられた際の吟味も簡便に済まされた。

だが、この陣屋には、井上家が代々隠し伝えてきた文書が眠っているのである。

御泉水脇に設《しつら》えられた常夜灯の焔《ほむら》が揺れた。

中庭には、高さ一尺半（四五センチ）ほどの小振りの石灯籠《いしどうろう》が点々と設えられて、柔らかい火灯《ひあか》りで御仏殿をうっすらと照らしていた。

雪野はあえて、足音を立ててその場から遠ざかった。

そうと見せて踵《きびす》を返し、杉板の舞良戸《まいらど》に背を当てて、気配を消した。

その時、梅の木陰に黒い人影が浮かび上がった。

羽織姿の若侍は、雪野が見張り続けている青山数馬《あおやまかずま》だった。

（数馬め、十日探し廻《まわ》って、最後に残した奥向きへ参ったか）

雪野とほぼ同じ時期に雇われた数馬は、公儀が高岡陣屋に潜り込ませた諜者《ちょうじゃ》であった。

織部が『筑後守覚書《ちくごのかみおぼえがき》』と呼ぶ冊子《そうし》を狙《ねら》っているのは、尾張徳川家だけではなかった。公儀は覚書の隠し場所について、尾張家が持っていない情報を摑《つか》んでいるはずである。織部からの下命は、数馬が探し出した『筑後守覚書』を奪う任務であった。

数馬は、涼やかな容貌《ようぼう》を持つ二十代半ばの男である。昼の勤めで数馬と顔を合わせる機会はなかった。だが、すでに十日、雪野は忍び装束に身を包んで天井裏に潜み、数馬の動向を追い続けていた。

毎夜、丑の刻限が訪れる度に、数馬は陣屋内のありとあらゆる場所を動き回っている。今宵は雪野の初の宿直番だった。宿直に当たっている間は奥御殿を離れられなかった。数馬の方からやって来てくれるとは好都合である。

男子禁制の奥御殿に、数馬が危険を冒して足を踏み入れたからには、陣屋の表向きには、覚書は隠されていないのだ。

（今宵こそは、見つけ出せるやもしれぬ）

雪野は内心で笑みを浮かべた。

足音を忍ばせた数馬は、聖観音を祀《まつ》る二間（三・六メートル）四方の御仏殿へと近づいていった。

雪野は御仏殿の入口が見通せる渡り廊下の柱の陰《かげ》に身を運んだ。

待つこと半刻余り、灯りが消え、黒い影が御仏殿から現れた。

戸口前の階《きざはし》にすっくと立った数馬の全身から自信がみなぎっている。

（あ奴《やつ》め、見つけたな）

雪野は自分の直感を信じた。

間合いは三間。過つ恐れはない。

かたわらに薙刀を置いた雪野は、懐に忍ばせていた棒手裏剣を二本、そっと取り出した。

一本目は、喉《のど》の急所目掛けて打つ。

棒手裏剣は、風を切って飛んだ。数馬は喉に両手を当てて、瞬時、もがいた。

間髪を入れず、二本目を眉間《みけん》の真ん中へ。

御仏殿の扉に背を当てたまま、数馬の身体《からだ》は、ずるずると崩れ落ちた。

全身を硬直させ、数馬は前のめりに階を転げ落ちた。

雪野は地に伏した数馬のかたわらに駆け寄ると、首筋に食指と中指を当てた。拍動は感じられない。

素早く手裏剣を抜き取って、雪野は数馬の懐を探った。

まだ温かい胸に、薄手の冊子があった。

常夜灯に歩み寄って、糸綴《いとと》じの冊子をめくり、中身を確かめる。

細かい墨跡で様々な図面や数字が記されていた。綴じ込まれた二枚の地図には、『濃毘数般領馬尼刺図《のびすぱんりようまにらず》』とある。

（これだ、織部さまがお求めのものに相違ない）

紛れもなく『筑後守覚書』だった。

その時、風が唸《うな》り、雪野は身体を捻《ひね》りながら、横飛びに跳躍した。

渡り廊下の高欄に、十字手裏剣が突き刺さっていた。

「こちらに渡して貰《もら》おう」

中間《ちゆうげん》姿に身をやつした四角い輪郭を持った厳《いか》つい身体つきの男が立っていた。

常夜灯のかすかな明かりに、右手の手裏剣が光っている。

雪野の手には冊子があるだけで、得物は懐の中であった。

「ほう？　この冊子を探す者が、ほかにもいたか」

涼しい声を出しながらも、雪野の背に冷たい汗が流れ落ちた。

（敵に、完全に先手をとられた）

雪野はほぞを噛《か》んだ。

いま、雪野が懐に手を伸ばせば、瞬時に敵の手裏剣は、この胸を貫こう。

「冊子を放《ほう》れ。この手裏剣を心ノ臓に喰《く》らいたくなくばな」

男は両の目をぎらつかせながら、低い声で恫喝《どうかつ》した。

「どうした。早くせぬか」

男の脅しの声が消え終わらぬうちに、雪野は冊子を常夜灯にかざした。

「燃やすぞ。当方は、この冊子を灰と消しに参ったのじゃ」

虚勢を張るしか手はなかった。

「おう、燃やすがよいわさ、手間が省けてよい」

唇を歪《ゆが》めて男は鼻の先で笑った。

数馬と目の前の忍びが、同じ目的で動いているとは限らない。敵の目的が覚書の破却にあれば、万事休すである。

「これを燃やしさえすれば、お前の手裏剣に斃《たお》れても、我がつとめは果たせる」

肩をそびやかして、雪野は傲然《ごうぜん》と言い放った。

「早く燃やせ。いずれにしても、おぬしは俺の手裏剣の餌食《えじき》よ」

含み笑いを漏らしながら、男は手裏剣を構える右手に力を入れた。全身から矢のような殺気が放たれている。

「それでは、燃やさせてもらうぞ」

冊子をさらに炎に近づけた雪野の額に、汗がにじみ出た。

だが、男の右手は動かなかった。

「四の五の申さずとも、早く燃やせばよかろう……」

男の声が、かすかな狼狽《ろうばい》に揺らいだ。

（心底、見えた！）

雪野は内心で快哉《かいさい》を叫んだ。

「方々、曲者《くせもの》でございますぞ。出合い候《そうら》え」

雪野は突如、大音声で呼ばわった。

女中部屋は御仏殿のすぐかたわらの細長い建物にあった。寝静まっていた女中部屋に、人の気配が蘇《よみがえ》った。

男の全身が引きつる。

勝った。男の目的はやはり、冊子を奪うことにあったのだ。

「曲者は、お庭先ですぞ。方々、お出合い召されい」

雪野は声を限りに叫んだ。冊子を炎にかざした姿勢は崩していない。

甲高い叫び声や、引き戸を繰《く》る音が建物から聞こえてきた。算を乱して走り来る数人の足音が、渡り廊下に響き始めた。

「冊子は、必ず貰い受けにゆくぞ」

凄《すさ》まじい目付きで睨《にら》み付けると、男は風のように闇《やみ》に消えた。

雪野は肩で大きく息を吐くと、冊子を己れの懐にしまった。

「見津《みつ》、これはいったい、何の騒ぎじゃ」

女たちの先に立った年かさの松山《まつやま》という老女が、しゃがれ声で叫んだ。見津は、雪野の井上家での名乗りである。

「曲者が、お庭うちに入っておりましたゆえ、見津が成敗致しました」

雪野は背筋を伸ばし、誇らしげな声を作って答えた。

深更、男子禁制の奥御殿に侵入しているだけでも大罪である。成敗は当然の仕儀といえよう。この陣屋では奥と表を隔てるのは力を入れれば倒れそうな板塀に過ぎないが、そこには越えてはならぬ壁がある。

武家の出である老女や中老は、少しも怖れずに亡骸《なきがら》に歩み寄った。

「こ奴は、先頃お召し抱えになった青山とか申す男ではないか」

数馬を見知っているらしく、中老の初島《はつしま》が驚きの声を上げた。

「この者、御仏殿に盗みに入ろうとしておりました」

雪野は吐き捨てるように言って、格子の入った桟唐戸《さんからど》を指さした。

「怖ろしゅうございますわね、盗人とは」

「盗人が御陣屋内にいるなんて」

「お見津さまのように、薙刀など使えませぬし……」

町家や百姓出身の御端たちは、渡り廊下に立ったままで、怖ろしげにひそひそ話を続けている。

「見津、お手柄ですぞ。早速《さそく》に御家老さままでお報《し》らせに参りましょう」

初島は嬉しげな声を出した。老女たちの中でも初島にはことに気に入られていた。が、陣屋からの離脱までに時を費したくはなかった。

「まだ、胸が鎮まっておりませぬゆえ、御家老さまへのお目通りは却《かえ》ってご無礼かと……」

雪野は息が上がっているように装って、肩をすぼめた。

「初島、明日でよい。たかだか鼠賊《そぞく》一匹ではないか。この刻限に御家老をお起こしするまでもなかろう」

松山の鶴《つる》の一声で、表への報告は明日と決まった。

「宿直は、加代《かよ》と代わるがよい。苦労であった、下がって休んでよいぞ」

労《ねぎら》いの言葉に恭しく一礼し、雪野は松山の前を下がった。

2

雪野は、その足で女中部屋棟の裏に走り、一間幅の堀を飛び越えた。

陣屋東半分の表御殿と奥御殿は、厚い練塀《ねりべい》を持つ。だが、御住居を出ると、六棟の中間長屋や米倉、作事場などの西半分は堀で囲まれているものの、板塀すら設けられていない。泰平な時代に入って建てられた高岡陣屋は城砦《じようさい》としての機能を持っていなかった。

退路はすでに見越してあり、着替えは作事場裏の空き小屋に隠してあった。

空き小屋に入った雪野は、ほどいた髪を結い直した。肌に鎖帷子《くさりかたびら》を着込み、蔦《つた》紋付きの羽織に野袴《のばかま》、深めの塗笠《ぬりがさ》という武家姿に着替える。腰には大刀に忍び刀を仕込んだ二刀を手挟んだ。

身体中を耳として、あたりに気を配り続けたが、近づく者の気配はなかった。あの中間姿の忍びは、陣屋内での騒ぎを怖れているのだろう。

わずかな竹林を越えたところに建つ厩舎《きゆうしや》に向かい、かねてより目を付けていた栗毛《くりげ》を引き出した。

門番が気づく様子はなかった。

「千住まで早駆けするが、頼むぞ」

栗毛にまたがった雪野は、並足で銚子《ちょうし》街道に出た。

東の空にはまだ薄明の兆しはなかった。

両の踵《かかと》で脇腹をかるく蹴《け》ると、栗毛は蹄《ひづめ》の音を、星空に響かせ始めた。

雪野の背丈は五尺一寸（一五四・五センチ）を超えるので、小柄な武士とも見えよう。

下総の小大名が、江戸屋敷に送る急使という体裁である。

疾駆させると馬は長くは保《も》たない。栗毛には十七里（六六・八キロ）離れた千住まで駆け抜けて貰わねば困る。雪野は早足に留《とど》めるように手綱を加減した。

（奴は必ず襲ってくる）

闇に消えた男の、火を噴きそうな目付きが脳裏に蘇った。

雪野は敵の襲来に備えて、全身の神経を張り詰めさせ、手綱を取り続けた。

やがて街道は、利根川沿いに連なる堤上へと出た。

背後を振り返ると、東空は緋《ひ》色に明け始めた。

風は収まり、延々と続く松並木の黒い影は静まり返っている。

頭上で風が震えた。

（矢だ！）

一本目は身体を捻ってかわした。

脇腹をつよく蹴る。栗毛は疾駆し始めた。

雪野は忍び刀を抜いた。

右手を絶え間なく動かし、飛び来る矢を打ち落とし続ける。

一本、二本、三本、頭上の松から雪野を狙って次々に降ってくる。

白茶けた砂地の路面にふつふつと音を立てて、矢が突き刺さっていく。

矢の放たれた先を見上げている余裕はなかった。

雪野は、羽織の裏に仕込んだ帯に並べて差してある棒手裏剣を数本引き抜いた。

何本打っても、背後で敵に命中している様子は感じられない。

（敵はいったい何人なのか）

頭上からは次々に矢が降ってくる。これだけの布陣を敷くと射手は十人を超えよう。

だが、同じ場所からは二度と矢は飛んで来なかった。

（奇妙だ……もしや……これは）

雪野は左手で手綱を引き、松林を逸《そ》れて利根川の河原に下りた。

矢の襲撃はぴたりとやんだ。

（矢を打つ絡繰《からくり》仕掛けを、松の木に仕込んであったか）

仕掛けであれば、人の気配を感じるはずもなかった。左右の松の木に天蚕糸《てぐす》を張って、馬が通ると張力で石弓の引き金を引く仕掛けに違いなかった。

五町（五四五メートル）の松林を抜けてしばらく走り、雪野は堤を駆け上がって街道に戻った。

その時である。

竹林を背に建つ辻堂《つじどう》の裏から、黒い影がばらばらと飛び出してきた。

黒い影の一つが、栗毛の左脇腹に鎗《やり》を繰り出した。

栗毛は激しくいななき、竿《さお》立《だ》ちになった。

振り落とされまいと、雪野は懸命に手綱を引き、次の瞬間、地面に降り立っていた。

主を失った栗毛は狂ったように全身を震わせ、街道の彼方《かなた》に走り去った。

払暁の蒼《あお》い帳《とばり》を背にして、殺気をぎらつかせた男たちが立ちはだかっていた。

黒藍の忍び装束に身を包んだ屈強な男が四人……。

（敵は、ここで待ち構えていたか）

敵は風のように動いて、雪野を半円形に取り囲んだ。

左右の二人は半鎗《はんそう》を構える。中に立つ二人は菱形《ひしがた》の手裏剣を手に手に、雪野の心ノ臓を狙っていた。

（わたしの未熟さゆえに、つとめを果たせぬ……）

雪野は唇をつよく噛み締めた。

「冊子を渡せ」

右から二人目の男が低い声で恫喝した。陣屋に現れた中間に間違いなかった。

「己が身が骨となっても、渡せぬ」

雪野は乾いた声で拒絶した。

「では、お望み通り、骨となってもらおうか」

いいしな、男は右手の手裏剣を耳の後ろまで振りかぶった。

（織部さま……左内どの……申し訳ありませぬ……）

心は静まっていた。雪野は覚悟を決めた。

蒼い帳の中に、血煙が上がった。

次の刹那、叫び声を上げたのは、雪野ではなかった。

男は、首筋に手裏剣を突き刺され、音を立てて地面に倒れ伏した。

手裏剣が空を切る唸りが響き続けた。

見る間に、街道には四つの骸《むくろ》が転がる。

骸の背後、二間ほどの位置に一人の男の影が浮かび上がった。

雪野は我が目を疑った。

薄明の光を受け錫杖《しゃくじょう》を右手に立つ三十代半ばの雲水は、紛れもなく諏訪左内だった。

秀でた額と高い形のよい鼻を網代笠《あじろがさ》で隠し、埃《ほこり》まみれの墨衣をまとっている。

「敵が車掛かりの陣形をとっていたら、手間取るところだった……。伊賀者のようだが、背後を不用意に空けるとは、大した腕の連中ではなかったな」

四つの骸を見下ろしながら、左内は悠然とうそぶいた。

「左内どのっ」

雪野は左内に駆け寄った。

抱きつきたいほどの胸の高鳴りを抑えて、雪野は左内の前に膝《ひざ》を突いた。

「危ういところをお助け頂き、言葉も出て参りませぬ」

左内と己れの忍びとしての力量の余りの違いに、雪野は頬《ほお》を熱くしてうつむいた。

「馬の脇腹を突かれた時に、馬から下りずに、そのまま蹄で蹴散らすが上策だった。敵の半鐘に毒はなかった。あれなら、栗毛は操れたろう。そもそも、松林の絡繰に翻弄され、河原へ下りた時からお前は気が緩んでいた」

口元を引き締めた左内は厳しい声を出した。
中忍としての叱責《しっせき》ではなく、師匠としての戒めであった。
「我が術の拙さを恥ずるばかりでございます……されど、左内どのは、なぜここに
……」
「雪野一人に、大事のお役目を任せておけぬと思うてな。お前が江戸を発《た》つ時から、
ずっと見ておった」
初めから、師が弟子を見守りながらのつとめだったとは……。雪野はひとときでも、
一人前につとめを果たしているような錯覚を覚えていた自分を深く恥じた。
「十日の間、少しも気づきませなんだ」
「雪野に気取られるほど、未熟ではない」
左内は喉の奥で笑ったようだった。
雪野ばかりでなく、伊賀者たちも左内が見張っていることには気づかなかったわけ
である。
辻堂の陰から、左内は一頭の黒毛を牽《ひ》いてきた。
乗り換えまで用意している左内の周到さに、雪野は舌を巻くほかはなかった。
「夜も明けてきた。もう、敵は襲ってこまい。こ奴は、なかなかの駿馬だ。一刻足ら

ずで千住へ着けよう」

左内は黒毛のたてがみをほたほたと叩《たた》きながら、雪野に馬に乗るように促した。

「返す返すも、御礼の言葉もございませぬ」

黒毛の馬上で雪野は深く頭を下げた。

「織部さまは、戸山の御下屋敷でお待ちだ。さぁ、行け」

明るい声で左内は馬の尻を叩いた。

黒毛がいななきながら、駆け足を始めた。

「左内どの、雪野は腕を磨きまする」

雪野は、馬上から振り返って叫ぶと、西を目指して手綱を引き締めた。

背後から朝日が燦然《さんぜん》と輝き始めた。

気持ちのよい蹄の音を聞きながら、雪野は、左内を師と仰げた幸せを嚙み締めていた。

3

茶碗《ちゃわん》は透き通る粉青色《ふんせいしょく》が輝く無地の青磁だった。

自分のために亭主をつとめる星野織部は茶碗を取り込んで静かに黙礼した。地味な単衣《ひとえ》に身を包んだ織部は、顔を上げると、褐色がかった瞳で雪野の顔を見た。

「そなたの茶を喫している様を見ると、天性の気品が備わっているように思える」

如何《いか》なる時も冷静な織部だったが、表情の端にやわらかさが現れていた。

「とんでもないことでございます。卑しき身に、御側御用人さまお手ずから点《た》ててくださった茶を頂くとは、もったいない限りでございます」

素直な恐懼《きょうく》の気持ちを抱きつつ、雪野は畳に手を突いた。

「なに、わしとて若い頃は、十人扶持《ぶち》の小身者だった」

星野織部は、藤馬《とうま》という初名で出仕したときには軽輩に過ぎなかった。徳川宗春が尾張家当主として初入府した享保十六（一七三一）年以来、次第に重用され、現在では五千石の大身として側用人の重職にあった。数年来君側にあって幾多の困難な施策を実行に移し続け、まさに宗春の右腕といえた。

炉の熾火《おきび》が小さく爆《は》ぜた。耳を澄ますと、広大な戸山荘内の森のそこかしこに、幾多の鳥のさえずりが響いている。

戸山荘は、尾張徳川家下屋敷の別名だった。二代光友《みつとも》の手によってひらかれたこの屋敷は、十三万六千坪という、大名別邸としては江戸最大の広さを誇る。世外《せがいじ》寺や文殊堂を初めとする多くの堂宇寺社さえも邸内に有していた。

「よくぞつとめを果たした。左内も喜んでおった」

「いえ……わたくしがいかに未熟かと思い知らされました……」

織部の言葉に、雪野は素直に喜べるはずもなかった。詳しい話を伝えようとしたが、織部は軽く手をあおがせてさえぎった。

「そなたが奪って参った『筑後守覚書』のおかげで、わしは、公方に大望あるを、確かめ得たぞ」

雪野は我が耳を疑った。大望と言うからには身の程をすぎた望みを指すわけだが、すでに、この国の権力の頂点に立つ吉宗《よしむね》にどんな野心があるのか。

「将軍家に大望ありと仰せありますか……。果たしていかような」

織部は褐色の瞳でじっと雪野を見つめると、しずかに口を開いた。

「うむ。これはむしろ、山気《やまき》と呼んだ方がよいか。……十年ほど前になろうか。戊申《ぼしん》の年に、公方は相州鎌倉の浜に鉄砲場を設けた。大筒や石火矢など火砲を試射させるがためだ。また、同じ年に、交趾《こうち》から象を呼んだ話は雪野も覚えておろう」

意外な話の成り行きに、雪野は黙したまま顎を引いた。

享保十三（一七二八）年、交趾国（ベトナム北部）から牡牝二頭の象が献上された。長崎に上陸直後に牝象は病死してしまったが、残る一頭は大行列を組んで江戸へ向かい、吉宗が上覧した後には浜御殿で飼育されていた。

象の下向は江戸でもかなり話題になった。多摩川を渡ってきた象の行列が江戸城に入るまでの沿道に数えきれぬほどの人垣ができた騒ぎは、雪野の記憶にも新しい。

「象は、あれでなかなか賢くてな。往古の昔より軍兵を乗せて闘う。もっとも、公方は象があまりに餌を食い過ぎると驚いて、兵甲として用いるを諦《あきら》めたようだが」

織部は、吉宗が交趾から象を呼び寄せた目的は軍用にあるというのだ。

「かような話はまだいくらもあろう。元号が改まった昨年、公方は鉄砲方の井上左太夫《いのうえさだゆう》と鉄砲簞笥《たんす》奉行の屋代要人《やしろかなめ》に閉門を言いつけた。これは車仕掛けの巨砲を作れと下命されながら、一向に捗《はかど》らなかったためではないか」

いまだに吉宗が下命した「車仕掛けの巨砲」は完成してはいなかった。それゆえ、吉宗自身がどのような大砲を意図しているかは不明なのである。

「さらに、ここ十年来、幾たびにも渡って蘭人の伯楽《はくらく》を呼んで西洋の馬術を学んだ話も、雪野は知っておろう」

伯楽（馬術師）とは享保十（一七二五）年に初来日したハンス・ユルゲン・ケイゼルという蘭人を指していた。翌年三月朔日《さくじつ》に城中で乗馬と射撃を披露し大いに吉宗の御意にかなったと聞いている。

　ケイゼルは、カピタンが長崎に帰った後も江戸に留まって、御馬方の富田又左衛門らに馬術と西洋馬の飼育法、病の治療法を伝授した。公儀は十数頭にも及ぶペルシア馬を輸入しており、尾張徳川家も数頭の西洋馬を輸入していた。

「幕閣らは単に公方の武辺好みや蘭癖と捉えているやも知れぬ。が、幾多の話を一つに集めてみると、ずいぶんときな臭いではないか。わしの目からすれば、象と馬の話も、鉄砲場を設けたり大筒を作らせたりしたのも、すべては一本の糸に繋《つな》がった話よ。これらは、どう見ても来たる日に戦を始めようと考えての軍略としか思えぬ」

　織部は深く息を吸い込んだ後、ゆっくりと肝心な事実を指摘した。

「だが……この国に闘うべき相手などおるはずもない」

　真顔で言った後、織部は茶目っ気のある笑顔を浮かべてつけ加えた。

「わが尾張を除いてはな」

「御意……水戸家はむろん、島津《しまづ》にも毛利《もうり》にもさような力があるはずはございませぬ」

「唐土《もろこし》を攻めようとした愚かな豊太閤《ほうたいこう》と違うて、あの公方は慧《さと》い男よ。清《しん》のような大国は狙わぬ。されば、公方の目はさらに遠い天竺《てんじく》（東南アジアの意）へ向いている。兵力の寡《すく》ない小国を狙い、その地に根城を設け、徐々に邦土を拡げてゆかんとする心算に違いあるまい」

幕閣の多くが聞いたら卒倒しかねない話を、織部は当たり前のように続けた。

「将軍家が、まことにさような思惑を持つものでしょうか」

織部の所説は唐突ではあった。だが、天下の政道を自任し、「名君」と讃《たた》えられてきた吉宗が、自分の能力を過信して海外侵攻の意図を抱くに至ったとしても不思議はなかった。

「天竺に、多々の小国が存するは、すでに存じおろう。だが、そなたの働きで公方が狙うておる土地は、確実となった」

織部は、雪野が高岡陣屋から奪ってきた覚書の冊子をかたわらの文箱から取り出し、畳の上に置いた。

「この地図が、何処の土地を示していると思うか」

織部は冊子をひもとき、綴じ込まれた地図を拡げた。

「はて……。あるいは天竺の国なのでしょうか」

「そなたにあらかじめ伝えておいた、この表題に記されている」

織部は、地図の『濃毘数般領馬尼刺図《のびすぱんりょうまにらず》』という表題を指先で示し、言葉を継いだ。

「濃毘数般《ノビスパン》とは、南蛮の大国エスパニアの副王領土にて、別名を新エスパニア（スペイン帝国領メキシコ）と称する。この副王が天竺に領する島が呂宋島《ルソン》ぞ」

織部は驚くほど南蛮事情に詳しかった。かねてより配下の者を蘭語通詞に接触させていると聞く。

「馬尼刺《マニラ》は、呂宋の中心を成す都邑《とゆう》だ。この図には、馬尼刺の軍陣について、驚くべき詳細な記述が残されている」

織部は地図に書き込まれた細かい文字を指さした。

「見よ。ここにはエスパニア王国軍の砲台、陣の位置と構造や、王城の位置などが記されておる」

「まことでございますか」

「また、ほかの部分は、城に大砲三百門のほか、鳥銃と短筒合わせて三千丁が備えられていると記す。兵は八百人、うち百五十人が物頭《ものがしら》とある。ま、こんな、いくさ備えはこの図が書かれて九十年も経《た》つので変わっておるだろう。されど、港の入口、停泊する場合の水深は変わらぬ」

「公儀が呂宋のいくさ備えを、そこまで詳細に知っておりましたとは」

「海禁以前、公儀は天竺各地に多くの間者を放ち、あらゆることを諜知しておったのだ。公方はこの覚書を拠《よ》り所に軍略を練り、あらたな間者を呂宋に放つ心算だったに相違ない」

「では、将軍家は呂宋を攻めようと……」

「だからこそ、筑後守覚書を手に入れるために、公方は青山数馬なる者を高岡陣屋に忍び込ませたのだ。されど、覚書が尾張の手に入ったからには、呂宋を攻めようという公方の切っ先は確実に鈍る」

「しかしながら、呂宋は遠い海の彼方にございましょう」

「馬尼剌への長崎からの隔たりはおよそ七百里（二七四九キロ）ほどだ」

「五十三次が百二十五里でございますから、江戸から京までを三度も往還する路程でございますな」

織部の自信の程を知りたくて、雪野は、あえてなめらかなその論旨に牽制《けんせい》を掛けてみた。

「だが、現に蘭船はそれよりも遠い瓜哇《ジャワ》の咬𠺕吧《ジャガタラ》（ジャカルタ）から毎年やってくるのだ。実に一千四百里」

織部は雪野の内心を見抜いたか、にやっと笑った。

徳川家康治世下の朱印船貿易時代に、我が国の商船は東南アジア諸国へ出かけていった。公儀が海禁政策をとるまでの三十一年間に三百五十六回の渡航が行われた。天竺は決して遠い国々ではなかった。

「公方は無尽蔵だという玳瑁《たいまい》や珊瑚《さんご》、あるいは薬種など、南海の宝を求めておるのよ。竜骨を持つ大船を建造し、蘭人に按針《あんじん》（水先案内）をさせるは苦もない。さような余力は今の日ノ本にはない。が、内政が安定したら、どんな挙措にでるかわからぬ。……あんな男に、この国を任せておくわけにはゆかぬ」

最後の言葉を、織部は眉根に皺《しわ》を寄せて強い調子で吐き捨てた。

度重なる飢饉《ききん》で民は飢えている。中でも江戸四大飢饉の一つに数えられる享保十七（一七三二）年の飢饉の被害は四十六の家中で生じ、九十六万人を超える民が餓死した。飢饉が収まり豊作となれば米価は暴落する。昨今の吉宗は米価の高下に翻弄され「米公方」の渾名《あだな》すら持っていた。だが、米作が安定すれば、織部の言うとおり、吉宗の目は天竺南海諸国へと移るのかもしれない。

雪野は、吉宗の南海諸国への野望は、事実と確信した。

織部は背を伸ばして、改まった表情で雪野を見た。

「さて、そなたには、長崎に下って貰いたい……」

「長崎でございますか」

雪野にとって意外な下命ではなかった。尾張家が吉宗を相手に大喧嘩《おおげんか》しようと策しているのであれば、蘭国や清国からの物資の入口が重要な土地となるは必定だった。

「長崎の遊里丸山町に、御土居下甲賀同心の一人が太兵衛《たへえ》と名乗り、楼主となっている長門屋という妓楼がある。長門屋から雪野を太夫として売り出す。源氏名は満汐と決めた。必ずや売れっ妓《こ》となろう……そこで、長崎のあらゆる諜知に当たって貰いたい。高岡陣屋のつとめよりも辛《つら》いものとなろうが、そなたを措《お》いて、この任が果たせる者は家中にはいない」

織部は口籠《くちご》もった。必要あれば、枕席《ちんせき》に侍らねばならぬつとめが、女の身には辛かろうという、織部の心づかいを感じた。

忍びとして、むろん、それくらいの覚悟はできている。雪野はむしろ、自分の武芸の腕を未熟と見ての下命でないか、それだけが気がかりであった。

「御命《ごめい》を謹んで拝受仕《つかまつ》ります」

「詳細については、追って沙汰《さた》する。長崎までは御土居下衆の誰かに送らせよう。出立は月半ばとしたい」

「今日のうちでも構いませぬ」

雪野の鼻息の荒さに、織部は口元をゆるめた。

「いや、そこまで急ぐ話ではない。しばし、骨休めするがよい」

「かたじけないお言葉、痛み入りまする」

「そなたの艶《あで》やかな太夫姿を眺められぬのが、残念だな」

織部には珍しく軽口を言うと、声を立てて笑った。

茶室を出れば、御泉水を渡る寒風が出迎えるだろう。だが、身も心もすっかり暖まっていた。一服の茶や炉火のためばかりではなく、織部の人柄が醸すものだった。

4

元文二（一七三七）年の重陽の節句、長崎はさわやかな秋晴れに澄み渡った。雪野が丸山遊郭の太夫、満汐となってすでに半年が経っていた。

鎮西、諏訪《すわ》神社を見上げる広場に「羽衣」の雅やかな地謡《じうたい》が響く。急ごしらえの舞台に、切れのある冴《さ》えた小鼓《こつづみ》が長く音を引く。明るく張りのある大鼓が謡を引き締める。

「なんとも見事ですな。囃子《はやし》方《かた》は玄人衆だ。けれど、謡方は丸山町の三十軒近い妓楼の主人たちからの生え抜きだそうですよ。まったく、玄人はだしじゃございませんか」

「おくんちに丸山の色町が諏訪様へ奉納する演能は、寛永の昔から、もう百年がとこ続いてんですからね。旦那《だんな》衆も手慣れたものですよ」

満汐は、揚げ幕を越え、橋掛かりへ出た。

「見なされ。シテ方の姿かたちの美しいこと」

「あれは、近ごろ丸山を騒がしてる長門屋の満汐ですよ」

「丸山一番の売れっ妓だけに、面に顔を隠しても艶麗《えんれい》この上なしですな」

見所《けんしょ》で囁《ささや》かれる商人たちの賞賛を耳にしながら本舞台に出た満汐は、三保《みほ》の松原の天女を華やかに演じ続けた。ワキの漁師白龍《はくりょう》は長門屋主人の太兵衛がつとめている。

白龍から羽衣を返してもらった天女満汐は、後見座《こうけんざ》に身を引いた。背中に金糸で朱《す》雀《ざく》を織り出した白紗長絹の広袖を身につけ、後《のち》ジテとしての出を待つ。

長絹の羽衣をまとった満汐が本舞台へ出ると、早い拍子に移った曲は大詰めのキリへと向かった。羽衣を返してもらった歓《よろこ》びを胸に描き、満汐は破ノ舞を無心に舞う。

——天の羽衣、浦風に、たなびきたなびく

満汐の天女は扇を右手に、広袖を大きく振って白雲を越え天に飛び立つ。

——三保の松原、浮き島が雲の、愛鷹《あしたか》山や富士の高嶺《たかね》、かすかになりて、天つみ空の

鏡板では白龍が名残惜しげに見送る。

満汐は、橋掛かりを軽やかに天上へと去ってゆく。

――霞《かすみ》にまぎれて、失《う》せにけり
揚げ幕の向こうの彼岸に満汐は身を消した。

能管が甲高いヒシギを吹き鳴らす音が、背後の神域一帯に響き渡って「羽衣」は終わった。

着替えをすませ、妓楼の主人たちの惜しみない讃辞が迎えるなか、満汐は西の桟敷席に戻って太兵衛の隣で息をついた。

「満汐、精進したな」

水衣姿の太兵衛は、低い声で満汐の労をねぎらった。

広場の東端から太鼓、羯鼓《かっこ》の怖ろしく速い異風な拍子が近づいて来た。

「こりゃ、ずいぶん勇ましい音曲だね」

「次の出し物は『御朱印船』ですからね」

見物たちの声が弾んだ。

青、赤、黄に光り輝く天竺風の単衣を身にまとった数十人の男たちによって丹塗《にぬ》りの大きな船型の曳物《ひきもの》が押し出されてきた。

二本の帆柱に網代帆を張った三間（五・四メートル）を超える戎克《じゃんく》型の船の曳物に

よって、広場は波立つ南海に変わった。

「どうだ。満汐。長崎らしい曳物だろう」

太兵衛が声を掛けてきた。

「ええ、まことに……」

「舳《へ》先《さき》に立ってる花嫁花婿を見なさい。あれが荒木《あらき》宗太《そうた》郎《ろう》とアニオーさんだ」

舳先近くの合羽《かっぱ》には、桃色の繻子《しゅす》（サテン生地）で織った安南《あんなん》（ベトナム中北部）風の晴れ着を着た六歳くらいの童女が緊張した面持ちのまま黒目勝ちの瞳で虚空を一心に見つめて立っていた。隣には同じ歳くらいの男の子が立ち、善財童子のような無垢《むく》な顔つきで両眼をしばたたいていた。

「荒木宗太郎というのは、天竺に渡った商人なのかえ？」

「そうだ。宗太郎は、他の船主とは異なり己れから船頭になって海を渡り、安南や呂宋との交易で巨万の富を築いた男でな」

「アニオーさんは天竺から嫁いだ嫁御じゃな」

「安南の東京《とんきん》王国の女だ。宗太郎は東京国王にえらく好かれてな。ついには王族の娘を嫁に迎えることになった」

アニオーさん。本名は王加久《わかく》という美貌の王女の輿《こし》入れは、多くの侍女や家僕を伴う盛大なものだった。長崎湊《みなと》から、荒木邸の建つ飽《あく》の浦《うら》までの半里近い道に、人並みが途絶えない行列が続いた。

長崎人は海を越えてきた若妻を、親しみを込めて「アニオーさん」と呼んだ。王后を意味するベトナム語の阿娘《アニヨン》が転訛《てんか》した言葉である。

輿入れ行列に心を奪われた長崎人はそれから、ものごとの華やかなる様子を「アニオーさんの行列のごたる」と称した。この言葉は、二人の結婚から四世紀近い歳月を経た現在も古老によって使われている。

「宗太郎はアニオーさんを死ぬまで慈しんだそうだ。長崎人は二人の仲むつまじさを、今も讃えているのだよ」

海を渡って異境に嫁いできたアニオーさんの起き伏しは、つらい日々ではなかったのか、そんな想いが満汐の胸に兆した。

じゃぁんぼぉんと大小の銅鑼《どら》が鳴り、ひゅうんひゅうという碰星《ぺんしん》（金属製カスタネット）の音が揺れる。唐人笛が調子外れにも聞こえる不可思議な旋律を奏でた。

（それにしても異風な……傾《かぶ》いた祭りじゃな）

心の中で、満汐は、くんちを赤坂日吉山王権現社の山王祭と比べていた。将軍が上覧することから天下祭りと称される山王祭は、四十五台の山車《だし》も、囃子の拍子も万事が江戸前の粋《いき》な美に満ちていた。

紀尾井坂の尾張藩中屋敷近くの組屋敷で育った幼い時分には、山王祭の囃子の音が近づいてくると心が浮き立った。「武士の娘が嗜《たしな》みがない」と厳格な父は見物に出かけることを許してくれなかったので、組屋敷の長屋門からこっそりと行列を眺めたものだった。

満汐の心にそくばくと江戸恋しの情が生まれた。

(何を愚かな。つとめを拝受した日から、長崎で骨を埋める定めのこの身なのじゃ)

満汐はかぶりを振った。

(こんな気弱なことでは、それこそ左内どののお叱りを受けましょうぞ)

異風な囃子が一層激しさを増した。「えいおう　えいおう」の威勢のいい掛け声にのって、御朱印船が広場を何度も何度も廻り続けていた。

透明に光る東風に乗って、どこかから菊の香が漂ってきた。満汐は、改めて心を引き締めるのであった。

第二章　左内、隠秘《おんぴ》御用《ごよう》をつとめる

1

　満汐が、くんちの奉納踊りに江戸を思ってから半年ほどの後、元文三（一七三八）年の弥生《やよい》の初めだった。大川端に大小十四の白壁を映して三町に連なる御船蔵前の川面を通り過ぎ行く二つの船影があった。

　流れる雲間からほの見える半月に照らされた水面に映る影は、川上の蔵前へと急ぐ二艘《そう》の猪牙船《ちょきぶね》だった。せわしなく聞こえる二本の艪《ろ》の音に混じって船端に当たるさざ波が岸辺の闇《やみ》の中に溶け消えてゆく。

　船が両国橋に差し掛かった。猪牙船は左へ大きく舳先《へさき》を向け、川口の闇のなかに幾艘もの屋根船が舫《もや》う神田川へと入っていった。

（今宵《こよい》がつとめは、万が一にも失策《しくじ》るわけにはゆかぬ。お上《かみ》も、この俺に御心頼み遊ばされておるのだ……）

先頭の船に乗る左内に下された命は、浅草橋の南詰に位置する関東郡代伊奈《いな》半左衛門《はんざえもん》の屋敷から一人の男を人知れず拐取することにあった。

目的の男、嘉兵衛《かへえ》は青ヶ島に漂着した沖船頭であった。青ヶ島は代官齋藤《さいとう》喜六郎《きろくろう》直房《なおふさ》の管轄下にあったが、実際には八丈島役所の地役人が治める土地であり、齋藤氏の支配は完全に名目的なものに過ぎなかった。

地役人から嘉兵衛漂着の一報を受けた公儀では、嘉兵衛の身柄を、江戸の中心に位置する広壮堅固な屋敷を持つ関東郡代伊奈氏預けとすることに決した。

嘉兵衛の拐取は、昨夜市谷にある上屋敷で、名古屋から江戸に着いたばかりの七代徳川宗春卿から直々に下された密命であった。その男、嘉兵衛は難船して天竺《てんじく》（東南アジアの意）に流され、彼の地で数年をすごした本邦にまたとなき者だった。

二艘の船を手慣れた調子《こ》で漕ぎ進める二人の船頭も、後の船で黙する深編笠《ふかあみがさ》の武士たちも、左内配下の江戸御側組の甲賀者だった。

わずかの時を経て、郡代屋敷の表御門棟の天井裏に忍び装束の左内はいた。東西に延びた太い梁《はり》の上を足音を忍ばせ、埃《ほこり》を舞い上がらせぬように素早く移動していた。

東牢は家士たちが寝起きする表御門棟の端に、建物とは直角に並んで連なっていた。

時を同じくして二人の配下が手槍《てやり》を手にして床下を這《は》っているはずだった。

とつぜん、闇のなかから、目指す方角に忍び笛の音が響いた。

ヒュイッ。ヒュイッ。ヒュイッ。

短く区切ったその音は、予期せぬ事態の発生を告げていた。

東牢に張りついている若手の同心、稲垣弥一郎《いながきやいちろう》と示し合わせた信号の意味は、「嘉兵衛に異変あり」であった。

振り返った頭巾《ずきん》から光る、配下の小頭、森島以蔵《もりしまいぞう》の両眼《りょうめ》にも緊張が走っていた。

左内は逸《はや》る心を抑えて、ひたすらに東牢を目指した。

闇の彼方《かなた》に一筋の明かりが差し込んで光の柱を作っていた。

弥一郎は、コハゼがけの手甲を巻いた手で、足もとの隙間《すきま》を指さした。

素早く牢内を覗《のぞ》き込むと、眼下では、一人の男が溺死《できし》しかけていた。

牢は五間（九メートル）四方ほどの広い板張りで、中央には盥《たらい》が置かれていた。

両脇を小者に押さえられて、男は盥に頭を突っ込まれている。

背後で哀れな嘉兵衛を見下ろす中年の武士は、御目見得以下の公服である継裃《つぎかみしも》姿だった。この屋敷の家士とは見えなかった。幕閣の上使として、嘉兵衛の抹殺を命じに来たものに他なるまい。

二間ほど離れたところで蒼《あお》い顔をしている皺《しわ》だらけの筒袖《つつそで》羽織を着た初老の侍が、元々警固に就いていた家士であろう。

（盥で溺殺して後、川に投げ込む心算だな。牢を逃げ出そうとして、神田川の流れにはまった態《てい》にしつらえるのだろう）

頭を押さえつける力に抗《あらが》い、男は必死で盥から顔を上げた。

必死でもがく頭が、波立つ水から出た。

苦しみもがく男の太い眉《まゆ》は、かねてより聞いている嘉兵衛に間違いなかった。

左右の小者たちは慌てて嘉兵衛を押さえつけた。

（小者は人を殺《あや》めるのに慣れておらぬな……。しかし、猶予はならぬ）

左内の嗅覚《きゅうかく》は漂い始めた青臭い芳香を捉えた。

牢内の警固の者を眠らせるために、床下の二人の忍びが芥子香《けしこう》を焚《た》く手はずになってはいた。芥子の煙が部屋に立ち籠めるには時間が掛かる。事態は寸刻を争う。

警固の男たちがこちらの潜入に気づいていない以上、無防備な身体《からだ》を襲撃するのはたやすい。だが、屋敷内で人を殺傷すれば、忍びが潜入した事実が明らかになってしまう。

左内は瞬時に腹をくくった。嘉兵衛が殺されてしまえば、すべては水泡に帰す。

嘉兵衛の右腕を摑《つか》んでいた男が、いきなりどさりと床に転がった。

毒吹矢を用いたのである。

「うわわっ」

左の腕を捻《ね》じ上げていた小者は、泡を食って横跳びに半間ほど飛び退《の》いた。

継裃の武士が驚いて一歩足を踏み出した。

「おいっ。どうし……」

継裃は言葉を宙に浮かせたままで床に倒れた。

甲賀では吹き矢の風受けのなかに、綿に染みこませた附子《ぶし》（トリカブト）の猛毒を仕込む。

数間離れたところから、息の力のみで毒矢を敵の首筋にある急所に打ち込むには、異常な集中と長い修練を要した。

左内は、手にした吹き矢に毒矢を籠め直して、再び口元に宛《あて》がうと強く息を吹き込んだ。

左の腕を捻じ上げていた男が飛び退いたその首へ、最後に、盥へ駆け寄ってきた家士の額へ、左内は素早く、確実に毒矢を打ち込んでいった。

四つの屍《しかばね》が、盥に突っ伏したままの嘉兵衛のまわりに転がった。

男たちが天井を警戒する暇《いとま》もなく、ほんのひと時で牢内の敵は片付いた。

左内は登り縄を取り出すと梁に縛りつけ、天井板を完全に外して蜘蛛《くも》のようにすっと床へ降りた。背後で、以蔵と弥一郎が、床へ降りる気配がした。

床下に向かって、芥子香を消すように命じた後、左内は嘉兵衛のもとに駆け寄った。

頭部を盥から出して床に横たえる。

横たわった嘉兵衛の顔面は、すでに血の気が失《う》せていた。

知らされていた人相の特徴である太い眉もぴくりとも動かない。

「嘉兵衛。嘉兵衛」

弥一郎が小声で呼びかけたが、返事はなかった。

「いかんですな。心ノ臓が停《と》まっております」

嘉兵衛の胸に耳を当てていた以蔵が顔を曇らせて首を振った。

「息もしておらぬ。これは、一番、出遅れましたな。あと煙草《たばこ》一服の間でも早ければ……」

「繰り言を申している場合ではない。すみやかに浄蔵《じょうぞう》の術を用いよ」

左内は険しい声で命じた。浄蔵の術とは、甲賀忍びが祖と仰ぐ甲賀三郎の末裔を称する諏訪の家に伝わる蘇生《そせい》術だった。

浄蔵と呼ばれる術名は、村上天皇の皇后である藤原安子《ふじわらのあんし》が重病のために一度息が停まったところを、密教僧の三善《みよし》浄蔵が蘇生させた歴史にちなむ。左内は配下の以蔵たちにもこの術を伝えていた。

「以蔵は息を吹き込め。弥一郎は心ノ臓を強く押し続けよ」

弥一郎は黙ってうなずくと、嘉兵衛の顎《あご》を上げ、首を軽く後屈させて連続的に胸を強く押し始めた。

「無駄じゃと思いまするが……」

以蔵は、渋面をつくって嘉兵衛の顔に自分の顔を寄せて、口吻《こうふん》をあわせて息を吹き込み始めた。

寸刻、浄蔵の術を続けても、嘉兵衛の身体には何らの変化も現れない。青ざめた顔にも血の色は一向に戻っては来なかった。

三人がもはや甲斐《かい》なしと諦《あきら》めかけたところで、嘉兵衛の身体が小さく痙攣《けいれん》し、がばりと水を吐いた。

弥一郎は、直《ただ》ちに顔を横に向け、口を開けて口腔《こうこう》内を布で拭《ぬぐ》った。無理に水を吐かせないのも、自分の嘔吐《おうと》物で喉が塞《ふさ》がるのを防ぐためだった。

以蔵が嘉兵衛の胸に耳を当てた。

「おう。頼りなげだが、心ノ臓が拍を打ち始めましたぞ」

「よし。遺漏なく続けよ」

ここで気を抜いては動き始めた拍動が再び停まる恐れがあるが、左内は自分の発する声が明るくなるのを覚えた。

「心得ました」

弥一郎も強くうなずいた。

「やれやれ、これが若い芸者衆でもあれば励みがいもあるのじゃが……」

以蔵にもそんな軽口を叩《たた》く余裕が生まれたようだった。

2

その時だった。左内の右耳は空を切ってくるかすかな風の唸《うな》りをとらえた。

「伏せいっ」

以蔵たちは身を床に伏せた。左内は一度伏せた上体を立て直し、上衣から手裏剣を取り出してかまえていた。

牢格子の外、三間ほどのところに藍墨茶《あいすみちゃ》の忍び装束に身を包んだ三人の男が手裏剣を手にして立ち並んでいた。

一人は斃《たお》す自信がある。

が、残りの二人によって左内の首筋には手裏剣が打ち込まれる。

座敷ならば、畳を上げ四方に並べて身を護《まも》る楯《たて》にする、畳城《たたみじろ》の術によって防ぐ手もある。が、板張りの牢内ではいかんとも為《な》しがたい。

（高岡の時の敵とは、格段に腕が違う……）

左内は自分の額に汗が流れるのを覚えた。

二間あまり離れた柱に黒さび色の手裏剣が突き刺さっていた。

柱に突き刺さった菱形《ひしがた》の手裏剣には穴がない。伊賀忍びが好んで用いる手裏剣だった。

「その男を渡して貰《もら》おう。さすれば、おぬしたちの生命《いのち》まではとるまい」

忍び頭巾から鋭い視線を左内に向けて、真ん中に立つ長身の男が言葉を発した。刃物を研ぐ音にも似た奇妙な発声だった。

「つまり、俺たちは袋の鼠《ねずみ》ってぇわけだねぇ。え、伊賀の大将」

左内があえて、武家言葉を用いないのは、父祖から伝わっている自分でも気づきにくい尾張の武家なまりが顕《あらわ》れる危険を避けようとしたからである。江戸育ちの左内は、むしろ江戸前の言葉には自信があった。

相手の音韻には、ほんのわずかだが、紀州のなまりが顕れていた。

紀州なまりの伊賀者とあれば、公儀御庭番に間違いない。とすれば、公儀の内紛を疑うべきだった。嘉兵衛を溺殺しようとした継裃の武士とは、異なる者の下知で動いている忍びの者に違いなかった。

「その通りだ。さ、その男をこちらへ渡すがよい」

耳障りな発声のまま、頭目と思《おぼ》しき伊賀者が勝ち誇ったように言った。

両脇に並ぶ二人の伊賀者の身体から殺気がにじみ出た。

三人の意識は自分たちに集中している。

（いまだ。手槍だっ）

二本の手槍が左右の男たち目掛けて床板を破って突き出された。

左内は手にした手裏剣を真ん中の男に向けて投げ付けた。

だが、伊賀者たちの体術は確かだった。

二人の男は跳び上がって床下からの攻撃をよけ、頭目の伊賀者も、左内の手裏剣を避けて横跳びした。

床から生え出た枝のような二本の手槍は、灯火に虚《むな》しく銀色の反射を見せるばかりだった。左内の投げつけた手裏剣も後ろの壁に突き刺さっていた。

もはや左内の手には得物がなかった。

以蔵と弥一郎は伏せた状態から屈んだ姿勢に移って手裏剣を手にした。だが、相手を狙う構えまでは取れなかった。

敵方三人の手裏剣は、何ごとも起きなかったように自分たちを狙い続けていた。

「床下の鼠ども。妙な真似《まね》をすれば、おぬしたちの頭領の心ノ臓に毒手裏剣が飛ぶ」

頭領は押し殺した声で強く恫喝《どうかつ》した。

「聞いたか。佳助《かすけ》、友右衛門《ともえもん》、動くんじゃあねぇぞ」

左内は床下の二人の恐怖感を弱めようと、あえて気楽な調子で命じた。

（こりゃあ、失策《しくじ》ったかな……。待てよ……）

形勢は圧倒的に不利だった。しかし、相手の目的が嘉兵衛にある事実が明らかである以上、虎口《ここう》を脱する術《すべ》がないわけでもない。左内は懸命の思いとは裏腹に、のんびりとした口調で伊賀の男に語りかけた。

「俺たちは不動の金縛りってわけだ……だがな、困るのはそっちのほうだぜ」

「なに？　何を申すか」

「おまえは、この男の屍が欲しいわけじゃあるまいよ」

左内は口元に笑みを浮かべながら言葉を継いだ。

「嘉兵衛は、今のいま、盥で溺れて息が止まってたのを俺の術で生き返らせたところだ。俺たちがいま手を休めれば、この男は、も一ぺん死ぬぜ」

伊賀者の呼気に揺らぎが顕れた。やはり、伊賀者たちは嘉兵衛を生きたまま、牢から連れ出す命を下されている。

「わかった。では、術を続けよ」

「お許しが出たな。おい、術を続けろ」

左内の言葉に、以蔵と弥一郎は手裏剣を上衣に納め、再び蘇生術を施し始めた。

「ところで伊賀の大将。お里が知れるな。お国なまりは隠せねぇ。浅葱《あさぎ》裏《うら》（勤番侍）よろしく紀州なまり丸出しじゃねぇか」

不意打ちは、効果てきめんだった。伊賀者は一瞬、身を反らして身がまえた。正体が現れた不覚から、反射的に左内に手裏剣を投げつけようとした。が、得策ではないとみたのか、凄《すさ》まじい目付きで左内を睨《にら》みつけてきた。

「公方に雇われてる庭番衆ってところだな」

伊賀者の無言は、如実に真実を物語っていた。

「どうだ。図星だな。となると、ここで、俺たちを殺しちまっちゃあ、親方の損じゃあないのか？」

男の全身からは強い殺気が放たれた。

「おまえたちと、ここに転がってる継裃は同じ公儀の侍だ。継裃は目付方の役人あたりだろう……ところで、俺たちは殺されるったって、ただ死にゃしない。懐にゃ、抛《ほう》り火矢もある。まぁ、抛り火矢なんぞ使えば大騒ぎだ。すぐに、屋敷の者が飛んでくるだろう。となりゃ、庭番衆には都合が悪かろう」

左内はさらに言葉を重ねて伊賀の頭目を追いつめていった。

「牢内では嘉兵衛と継裃、それに屋敷の連中、さらには俺たちが殺されてる。誰が誰を殺したのか。八幡《やわた》の藪《やぶ》知らずじゃねぇが、これは、とんだ謎《なぞ》解きになるだろうよ。まずは、屋敷の者たちも公儀も、今宵ここで庭番衆と目付方の痴話喧嘩《いちゃつき》があったと思うわな」

左内は含み笑いとともに、恫喝の言葉を継いだ。

「よしんば言い訳がたったとしても、庭番衆が郡代屋敷に入り込んでだなんてことが顕れりゃ、おまえもただじゃすむまい。膝《ひざ》とも談合、ものには相談ってのがある。どうだい、今日のところはおとなしく退散するのが、結句、得な話じゃないのかい？」

「馬鹿を申すな」

頭目は思案げに首を振った。

（もう一息だな）

「俺の話が受け取れないなら、馬鹿はおまえのほうだ。それとも、手付けに、いまここで抛り火矢を投げて見せようか。さぞかし、大きな音がするだろうよ」

左内は、口元をゆがめて笑ってみせながら、ゆっくりと懐に手を伸ばしていった。点火するために懐炉にも似た袖火も携帯してはいたが、むろん、本当に抛り火矢を使う気などさらにない。

「待て……。わかった。今日のところは見逃してやる」

「おう。それでこそ、忍びさね」

左内は軽く声を立てて笑った。

忍びの人間は、並みの武士のように忠義や建前を重くは見ない。その場の状況に合わせて、戦略を刻々と変え、目的を果たすためには手段を選ばずに融通無碍《むげ》な行動を選ぶを美徳とする。時には敵の言葉に唯々諾々と従っても、自分の身を護ることが第一義となるわけだった。

「忘れるな。必ず、嘉兵衛は貰い受けにゆく。その時は、おぬしたちの生命はないと思え」

「気づかいは要らないよ。俺は物覚えのいい方でね……」

伊賀者たちは手裏剣を構えたままの姿勢で、後ろ向きに廊下へ出るとすっと姿を消した。

左内の背後で人の唸《うな》り声が聞こえた。

「組頭。嘉兵衛が気づきました」

背中越しに聞こえる弥一郎の声は弾んでいた。


猪牙船の舟板に仰《あおむ》向けに横たわった左内の眼に、傷んだ橋桁《はしげた》が見えてきた。

左内は起き上がると、数間後ろを従《つ》いてくる屋根船の船尾に、弥一郎の立ち姿が見えぬのを確かめた。

二艘の猪牙が両国橋を通過した。

続いて、屋根船が舳先を揺らしながら、橋に掛かった。

その刹那《せつな》、ばらばらと三つの黒い影が橋から屋根船に飛び移り、忍び刀を簾《すだれ》へ突き刺した。

左内は、袖火から巻火矢に火を点《とも》し、屋根船目掛けて放った。

風を切る音が聞こえたと思うや、屋根船は音を立てて燃え始めた。

あらかじめ、油を撒《ま》いておいただけに、火のまわりは早かった。あっという間に屋根を支える柱は崩れ落ちた。

三人の忍び装束が、わらわらと大川に飛び込んだ。最後の一人の背中からは炎が立ち上っている。

波を蹴立てて猪牙船の船尾に泳ぎ着いてきたのは、弥一郎だった。

弥一郎は橋の少し手前で大川に飛び込んで、屋根船は空船とする手はずになっていた。

嘉兵衛は床下組の二人が護って前の猪牙船に寝かせてあった。

「いや、組頭の思惑違わず、伊賀の連中はやはり、両国橋で待ち伏せしておりましたな。おまけに敵が猪牙ではなくおとりの屋根船を狙うと見抜かれるとは」

弥一郎の濡《ぬ》れた身体を引き揚げながら、以蔵が笑った。

「いくら体技にすぐれていても、他人の心が読めぬようでは、優れた忍びとはいえぬ」

左内は庭番を非難する口調で、自分の心に言い聞かせていた。

予期せぬ邪魔が入り続けたとはいえ、自分のつとめは半分しか果たせなかったのである。屋敷に潜入の足跡を残してきた失策に、苦い思いを捨て去れない左内であった。

左内の目に、燃え続ける屋根船が川面を照らして、本所側の暗い川岸に向かって彷徨《さまよ》い漂う姿が映った。

（ずいぶん気の早い灯籠《とうろう》流しになったな……）

月光が群雲を分けて安宅《あたけ》町の御船蔵を照らし始めた。間もなく、築地の尾張家蔵屋敷に灯《とも》された高張り提灯《ぢょうちん》のあかりが見えてくるはずであった。

3

薄明の戸山荘で、左内は織部のもとへ伺候していた。

暁光を映した障子は、東雲《しののめ》の空にも似てほんのりと浅緋《あさひ》色《いろ》に染まり始めた。

「目付方と庭番の行き違いは何故の事でございましょうか。解《げ》せぬ話でございます」

目付方は幕閣の権益を代表しており、庭番衆は将軍吉宗の直属である。目付方は嘉兵衛を抹殺しようとし、庭番衆は活《い》かそうとしていた。嘉兵衛の扱いに関して幕閣と吉宗の両者が正反対の態度を取っていたわけである。が、その理由は左内にはわからなかった。

「そこもとのような男でもわからぬか……」

織部はいくらか柔らかい口調で続けた。

「我らが嘉兵衛を攫《さろ》うて参ったのは、嘉兵衛が蘭語をよく解し、天竺南海の国々の事情に明るいがためであろう。長崎の蘭通詞たちの心許《こころもと》ない蘭語ではなく、自在に蘭人らと用談ができ、異人らの治める南海の島国の事情に明るい嘉兵衛は、本邦にまたとない男。我らの目論見《もくろみ》には欠かせぬ。公方も嘉兵衛に、尾張と同じような働きを望んでいたに相違ない」

織部は一気に喋《しゃべ》ると、ふっと息をついた。

（殿の雄略が成就あそばされるために、嘉兵衛は失えない。すんでの所で、御心に背く不始末を犯すところであった……）

左内は、改めて安堵《あんど》に胸を撫《な》で下ろした。

一方、嘉兵衛は吉宗にとっては、呂宋侵攻に欠かせぬ知識を持った男となるわけである。とすれば、幕閣はなぜ抹殺しようとしたのか。左内の疑問に答えるように、織部は言葉を継いだ。

「万事安泰をよしとする幕閣に、公方の野望に賛する者など一人もおるまい。幕閣のなかで嗅《か》ぎつけた者がいるのだ。おそらくは……左近将監《さこんしょうげん》（老中松平乗邑《のりむら》）あたりだろう。あの薄禿《うすはげ》の小男めにはそんな嗅覚がありそうだ。むろん、公方の意に反する挙措はできぬ。が、慧《さと》い公方は、（大岡）越前守《えちぜんのかみ》にであろうが左近将監にであろうが、呂宋を狙うておる胸の内など、一句たりとも漏らしてはおるまい。左近将監らは、まさか公方が嘉兵衛に庭番衆を張りつかせているなど思いも寄らなかったのだ」

障子の外の陽《ひ》ざしが織部の顔を明るく照らし始めた。

「庭番衆は私どもを甲賀と断じていると存じます。あるいは、御側組が動けば、お上にどのようなご心配をお掛け遊ばすかと……」

向後、御土居下同心たちの行動を抑えるべきなのか。一時的に身を隠したほうがよいのか。左内は、織部の判断を仰がねばならぬ話を切り出した。

「公方は、我ら尾張家中が何らかの謀計を持つと気づいておろう。広い天下を見渡しても嘉兵衛を使いこなせるのは、公方の他には我が尾張くらいだ。一年前の筑後守覚書の件と併せて考えるだろうが、殿の御真意は摑めぬだろう」

「申し訳の次第もございませぬ」

左内は深く頭《こうべ》を垂れたが、織部は気楽な調子で続けた。

「いや、これは嘉兵衛を攫うて参る以上、避けられぬことであった。そこもとの手抜かりではない。公方が殿を咎《とが》め立てできるのは、我らが足下が崩れた時だ。だが、家中の事情もさらに暗転しつつある。我らが目論見は、ここ一年が勝負であろう。……残された時は少ない。配下ともども変わらずにつとめよ」

再び、織部の相貌に強い決意が漲《みなぎ》った。

宗春は、尾張藩主となってすぐに、それまで名古屋になかった遊郭を三か所も誘致し、当時は禁止されていた武士の芝居見物を許した。これを嚆矢《こうし》として、享保の改革の農本主義に基づく倹約政策に対して、尾張では重商主義的な積極財政政策がとられ、両者はことごとく対立してきた。

引き続く倹約令に全国が逼塞《ひっそく》した時代にあって、尾張領だけは華やかさが目立った。東西から芸人や商人が集まり、芝居小屋や茶屋小屋が次々と店を開き、名古屋の街は未曾有《みぞう》の発展を遂げたのだった。尾張の春を謳歌《おうか》する名古屋の庶民は宗春を名君と讃《たた》え、江戸でもその人気は年々高くなっていった。

当初は成功を見た享保の改革に諸人からも「御神君様の再来」とほめそやされ、自ら恃《たの》むところの強い吉宗が、そんな宗春を不快に思わぬわけはなかった。

六年前の享保十七（一七三二）年に、堪忍袋の緒を切らした吉宗は、公儀内証の上使として二名の旗本を送って、名古屋の風紀紊乱《びんらん》と宗春の言動を譴責《けんせき》した。宗春はいちいち反駁《はんばく》を加えたが、吉宗は怒りを深く蔵しているのか、堅忍不抜のまま現在に至っている。

だが、この譴責をきっかけとして、尾張家の存続を危ぶむ筆頭家老の竹腰《たけのこし》山城守を中心にした造反派とでもいうべき派閥が形成され、家中の施策を徐々に吉宗に迎合する空気に変えつつあった。年寄衆によって、名古屋の遊郭は一つにまとめられ、幾つかの芝居小屋は取り払われ、改めて多くの倹約令が出されていた。

「我らを襲う暗雲は江戸から生まれるのではなく、国許《くにもと》からだ」

織部は額をかげらせた。

年号が元文と改まってからの宗春は、名古屋城下の多くの家臣を「二股膏薬《ふたまたごうやく》」と呼んでいた。宗春と家老一派のどちらでも勢いの強い側につくという意味だった。

織部の横顔に浮かんだ深い憂いの色を見て、左内は己が責務の重さを改めて思った。

「かように晴れ渡る空であっても、雨雲は気づかぬうちに忍び寄ってくるものだ」

織部は障子を開けながら呟いた。いつの間にか夜は明けきって、清々しい蒼天がひろがっていた。

第三章　文老古《マルク》から還った男

地に膝《ひざ》をつく左内の耳に遠い水音が響いた。大きな羽音が宙を舞った。やがて、松の樹上と思《おぼ》しき高さよりポッポッポッポッという鳴き声が、あたりの静寂を破って響き渡った。

「あれはなんと申す鳥じゃ」

よく通る澄んだ声が、左内の頭上に響いた。

宗春の周囲にたたずむ太刀持ち、刀持ちの小姓らと茶道の坊主、さらには数名の御女中（侍女）たちからは寂として声もなかった。

面を伏して地を見つめる左内の頬《ほお》を打つそよ風は、周囲の木立の若葉の香りを運んで胸に心地よい。晴れ渡った戸山荘は、降り注ぐ陽《ひ》ざしに汗ばむほどの陽気だった。

「誰ぞ知らぬか。あの老松の上にとまる鳥よ」

なにごとにも強い好奇心を示す宗春は、幾分焦《じ》れた声をあげた。

下屋敷内とはいえ、十重二十重に左内配下の甲賀衆が、藪《やぶ》の陰や木戸の裏で警固の任に就いてはいた。だが、小姓や御女中たちのほかには、左内のかたわらで震えてひたすらに地に伏す嘉兵衛以外に、宗春の周囲に人の気配はなかった。

「恐れながら……」

「左内か。申してみよ」

機嫌のよい声に、左内は面を上げ、主君の顔を拝した。数寄屋《すきや》造りの瀟洒《しょうしゃ》な茅葺《かやぶ》き茶寮の濡《ぬ》れ縁に立つ宗春の横顔が、満々と水を湛《たた》える御泉水を背景に白く浮かんでいた。

「八ツ頭と申します。南方に棲《す》まう珍鳥にて、江戸表にては見かける折も少なき鳥にございます。過日の嵐《あらし》を避けて渡りますうちに、戸山のお屋敷の森深きを好みて迷い込みしものと推察致します」

「なんとも美しい鳥だの。ところで、昨夜の大要は織部より聞いた。いかい苦労であった」

「申し訳ございませぬ。やむなき次第にて、関東郡代方の者どもを殺《あや》めました」

「いや、よく、そこなる嘉兵衛を救うた。ほめおくぞ」

宗春は笑みを湛えて、小姓に目顔で命じた。小姓の一人が縁から下りて紙に包んだ金子を無言で左内に渡した。

「か、かたじけなき……」

左内は金包みを両手で受け取ると、再び地に伏した。役目柄とはいえ、軽輩の自分が直答するさえ身に余るに、些細《ささい》な過失は見過ごし、報奨は自ら即座に行う。当節の大名で、このように人心の機微を知る者はそうはいなかった。

宗春が濡れ縁に腰を下ろそうとすると、一人の御女中がその場に慌てて褥《しとね》を敷き、近侍の者たちは、一斉に濡れ縁近くまで膝行《しっこう》した。

「さて、嘉兵衛。そのほう、紅毛の国より帰りし者と聞くが、子細を予に聞かせてくれい」

嘉兵衛は全身を小刻みに震わせ続け、口が利けないでいた。無理もない。一沖船頭にとって、御三家筆頭当主の宗春は夢の中でもまみえることのあり得ぬ存在だった。

「なんとした。直答をさし許すぞ」

「いかにお上を敬っておるとは申せ、かように御下問に応ぜずでは、却《かえ》ってご無礼であるぞ」

嘉兵衛は気の毒なほど震えた声で答えた。

「か、却ってご無礼との仰せ、恐れ入りましてございます」

「されば、御下問に疾《と》くとお答え申せ」

左内が声を和らげると、へっという声を出して、嘉兵衛はさらに一度平伏した後、ようやく青ざめた顔を上げた。太い眉《まゆ》に四角く厳《いか》つい相貌《そうぼう》は船乗りよりも、漁村の大網元が似つかわしかった。

「紅毛の国は、はるかに遠く、とてものことには参れませぬ……。わたくしは紅毛人の住まう南の島におりました」

「ふむ。そのほうは船頭じゃそうな。難船して異国に参ったか」

春風のような鷹揚《おうよう》な調子で聞く宗春に、嘉兵衛の四角い顔にようやく安堵《あんど》の表情が浮かんだ。

若き日によく遊郭に遊び、下々と話すことにも慣れた宗春の細やかな心づかいに、左内は感じ入った。

嘉兵衛は頬を上気させながら、上ずった声で堰《せき》を切ったように話し始めた。

「仰せの通りでございます。わたくしは、紀州富田浦《とんだうら》小西屋栄右衛門《えいえもん》方の萬法丸《まんぼうまる》と申す九百石積みの樽廻船《たるかいせん》の沖船頭をつとめておりました。七年の昔、伊丹《いたみ》の酒を積んで摂津北浜を船出して江戸を目指しました折、遠州御前崎《おまえざき》の沖合で大きな嵐に遭いました。一昼夜の間、船は大波にもまれ続け、頼みの外舵は流され、船倉まで塩水をかぶり、あわや転覆といった次第。かような場合の掟《おきて》に従い、やむなく帆柱、弥帆柱を切り倒して荒れ海をさ迷ううち、やがて船は怖ろしい黒潮（反流）の流れに乗ってしまいました。漂流数十日の間に八名の水主《かこ》たちは暑さと病に斃《たお》れ、生き残ったのは、ほかに三名。この身もあわやと思いましたが、ついに船は、遥《はる》か遠けき南のモロタイと申す島に流れ着きました」

嘉兵衛の言葉はなめらかに続いた。

「そのモロタイと申す島は、何処《いずこ》の国にある」

「わが国より千里の南、文老古《マルク》と申す大小の島々からなる国で、未開の蛮民と、この国を治める少数の蘭人の住まうところでございます」

嘉兵衛は言葉を切って、唇を舐《な》めた。唐人の言う文老古は、赤道直下のモルッカ諸島、すなわち現在のインドネシア領マルク州・北マルク州を意味し、この頃はネーデルラント領だった。

宗春は濡れ縁から身を乗り出すようにして相槌《あいづち》を打った。

「ほう。蘭人の……」

「生命《いのち》からがら辿《たど》り着いたこの島の浜で山刀を帯びた土匪《どひ》に捕まりまして、奴僕《ぬぼく》として売られた先が、文老古の都邑《とゆう》、アンボイナ島のアンボン（マルク州の州都）と申す街でございました。この街もまた蘭人の治める街で、丁子《ちようじ》、肉豆蔻《にくずく》など、香料の取引で大変に栄えておりました。アンボンで丁子をあつかう蘭人の商人の家に二年が間、奴僕として仕えましした。が、半里離れた池までの水汲《みずく》みや重い荷運びの日々にて、まるで牛馬同然のひどいあつかい。たまりかねて逃げ出そうとした朋輩もありましたが、追っ手の者たちに、まるで鴨《かも》撃ちの鴨かなにかのように次々と鉄砲で撃ち殺されました。さらに捕まりし者は、見せしめのために獰猛《どうもう》な空腹の犬に嚙《か》み殺される始末でございます」

宗春の後ろに座る御女中から、ひっという声が聞こえた。

甲賀でも罪人を猛犬に嚙み殺させる類《たぐ》いの処刑の仕方はない。出島では長崎奉行所の役人たちにきわめて恭敬な態度を見せると聞く蘭人が、忍びにも勝る酷薄さを持つ事実に左内は驚いた。

「アンボイナのひどい暮らしから逃してくれたのは、かつてこの島に住まいし久太夫と申すお武家の曾孫《ひまご》に当たるある船持ちの男でございました。ヤゾーと申すその男は、肌の色こそ土民のごとく黒いのですが、自分も同じ日ノ本の血を持つ者だからといって、わたくしを暗夜に紛れて島から出る船に乗せてくれました。ところが、なんのことはありませぬ。ヤゾーもまた、わたくしを奴僕として売ったのでございます」

近侍の者たちは、嘉兵衛の語る不思議な話に惹《ひ》き込まれて声もないようだった。静寂の中、左内の耳には、御泉水で遊ぶカイツブリの水音が聞こえてきた。

「売られた先は、アンボンから五百里の北なる呂宋《ルソン》島のマニラと申す都邑でございました。この島は、エスパニアと申す南蛮人の大国が治めております」

「存じよる。エスパニアと申す国とは、台徳院《たいとくいん》（二代将軍秀忠）さまの御代《みよ》には交易しておったそうな」

「仰せの通りにございます。さて、呂宋島近くの海には海賊も多く、マニラには取締方の御役人衆が大勢住んでおられました。わたくしの売られましたのは、サンチャゴと申す城に勤める、海賊方と申しますか、ご公儀で言われます御船手（海軍）の御役人の家でございました。主人は、カラスコという名の、元はエスパニアの軍船の按針《あんじん》（航海士）をしていた御武家でしたが、幸い、わたくしを船頭と知ってかわいがって下さいました。勤めも、カラスコさまの身の回りのお世話で、アンボンの暮らしとは雲泥万里の相違。これは、ヤゾーには感謝するほかありません」

船乗り同士の親しさを、忍び同士のそれと置き換えると、左内には理解しやすい話だった。

術を以《もっ》て生きる玄人は、同じ術に通じた玄人に親しみを持つ。忍び同士は敵味方に分かれても、接した相手に一種の親近感を持つ場合が珍しくはなかった。

「ところが、好事魔多しと申しますか、五年が間、勤めるうちに、カラスコさまが本国へお帰りになる運びになり、わたくしを伴うとの仰せ。これには難儀いたしました」

「なにゆえじゃ。カラスコなる者は、そのほうを親身に扱ったのではないのか」

「本国のエスパニアは、欧羅巴《エウロパ》と申します遠い遠い大海の彼方《かなた》にあり、たどり着くにも何月も荒れ海を越えてゆかねばなりませぬ。エスパニアへ参ったら、二度と再び、故郷の土は踏めぬと覚悟致しました」

「なるほどのう。かかる境遇にあっても、故国へ還《かえ》る望みは失っておらなんだか。それも人の情というものよの」

常に、人の情を治世の要《かなめ》と考える宗春に、左内は深い共感を持っていた。人の情を知らぬ者は、人を治めるはおろか動かすこともできない。

「奴僕の身で否《いな》やは申せませぬ。ついにエスパニアの軍船に乗せられて、大海を渡りました。航海数十日、見えるは海ばかり。もはや、二度と日ノ本を見ることもかなうまじと思ったある晩、奇瑞《きずい》が起こりました」

「ほう。いかような奇瑞じゃ」

「ある晩から吹き始めた嵐のために軍船が二昼夜に渡って流され続け、三日目の夜明け近くに船は風を避けて近くの島陰に碇《いかり》を下ろしました。夜が明けてみれば、目の前に見えるは、見覚えのある島影、わたくしは夢かと我が眼《め》をこすりました」

「いったい何処《いずこ》の島か」

「信じ難き話ではございますが、それは、八丈島から数里南なる青ヶ島の島影でございました。わたくしは十年以前、難船しかけて近くを通りし折がありましたが、あの島にそびゆる焼け山の変わった形は見忘れるものではございません。この折を逃したら、故国へは帰れませぬ。早朝ゆえ甲板に人影はありませぬ。これこそ、神仏のご加護、日頃より敬い拝する観世音菩薩《かんぜおんぼさつ》のお慈悲と思い、秘かにバルカと申す伝馬船を波立つ海に下ろしました。櫂《かい》を手にしたわたくしは、胸も破れるほど漕《こ》ぎに漕ぎ続け、ようよう青ヶ島に辿り着いたのでございます。さいわい、軍船はバルカを下ろした異変には気づかぬとみえ、まもなく碇を上げて沖の彼方へと去りました」

宗春は、嘉兵衛の話に心を奪われたのか、唸《うな》り声をあげた。

「それより後の話は織部より聞いた。八丈へ渡ったそうだな。のう、左内」

宗春の呼びかけに、左内は庭先の草木を揺らす勢いで声を張った。

「御意にございます。青ヶ島の百姓が、漂着せし嘉兵衛めの風体を怪しみ、八丈島役所へと訴え出ました。島役所でも、ただいまと同様の申し立てを致したよしにござりまするが、地役人はあまりの奇怪な話に、これを不審に思い、江戸にての再吟味と相成りました。この春の伊豆代官支配の便船にて関東郡代方へ身柄を移され、再吟味の最中でしたが、昨晩、おそらくは公儀目付方の手で葬られるところでござりました」

　宗春は今一度、嘉兵衛へ向き直って訊《たず》ねた。

「うむ。ときに嘉兵衛。そのほう、紅毛や南蛮の言葉に通ずると聞き及ぶが、数年来、異人の家に住まいしとあれば、よほど達者か」

　嘉兵衛は小さく首を横に振った。

「異人の言葉はことのほか難しく、蘭人の言葉は話す聞くに留《とど》まります。しかしながら、エスパニアの言葉はカラスコさまの家宰をしていたゴメスというご老人が、親切にもイロハを教えてくれまして、いくらかは読み書きもかないまする」

　宗春は瞬時沈黙したが、やがて表情を引き締めて言った。

「嘉兵衛、そのほうの異人の言葉を使う力を予に貸せい」

（卑賤《ひせん》の嘉兵衛に、なんともお上らしい仰せのしようよ）

　左内とは異なり、嘉兵衛には宗春の話す言葉の意味が一瞬、受け取れなかったようだったが、その示す意味に気づくと声を震わせた。

「も、もったいなきお言葉……」

「尾張のため、いや……」

宗春は、唇の端をわずかに持ち上げて不思議な笑みを浮かべた後、背筋を伸ばし真顔になってはっきりとした口調で言った。

「日ノ本のために力を尽くしてくれよ」

嘉兵衛はへっと驚嘆の声を出すと、反射的に再び地に伏した。宗春が持つ威に打たれたようであった。

（やはり、お上は、本意で日ノ本をお治めになるお覚悟じゃ……）

宗春の微笑には、現在自らを取り巻く内憂への自嘲《じちょう》が漂っていた。だが、左内は、「尾張」を「日ノ本」と言い換えたところに、宗春の毅然《きぜん》とした決意を見たのだった。

「我が身をお助け頂いたことも海よりも深き御恩でございますに、卑しき身に過分の仰せ、嘉兵衛、お上さまの御為《おんため》にこの身を擲《なげう》ちまする……」

「よし。嘉兵衛を取り立てるぞ」

「わたくしをお取り立てに……」

信じられぬという眼で面をあげ、宗春を見つめる嘉兵衛は、やがて、貴人を見つめ続けていた無礼に気づいたか、急いで頭を下げた。かまわずに宗春は満足げな声で言う。

「うむ。左内の配下につけてつかわす。織部よりの沙汰《さた》を待つがよい。本日は愉快であった。折あらば、また、異国の話など聞かせてくれ」

嘉兵衛の取立を左内は予期していた。とは言え、自分の配下につくとなれば、同時に穏秘御用を命ぜられたわけであり、家臣としては人目を忍ぶ存在となることを意味していた。左内は、甲賀どころか忍びでもない嘉兵衛に、苦難の多い隠秘御用の役が勤まるかを危ぶんだ。しかし、主君の命は絶対である。

（されど、千里の海の彼方から還った男だ。性根は据わっておろう。嘉兵衛には、できる勤めを与える他はないわ）

宗春が立ちあがって座敷の奥へと戻り始めると、近侍の者たちも立ちあがる。左内と嘉兵衛は改めて平伏した。

「妙斎《みょうさい》、茶を点《た》てよ。釣り込まれて話を聞くうちに喉《のど》が渇いたぞ」

背中越しに命ぜられた茶坊主は、水屋へ小走りに進んだ。

宗春の長身の背中が左内の視界から消えても、嘉兵衛はしばし、その場に平伏したままであった。ひれ伏す嘉兵衛の頬をいつまでも涙が伝わり、その膝を濡らし続けていた。

晴れ渡る武蔵野の空高くあばた雲がぽつりぽつりと浮かび始めた。頬に当たる風の湿り気に、左内は午後からの雨を確信した。

第四章　蘭館医師ヘンドリック

薄曇りの空の下、日本橋通りは行き交う人でごった返していた。

戸山荘で宗春に拝謁した日から五日の後、左内は、日本橋通りを歩いていた。その名も武士らしく安保稲右衛門《あぼいなえもん》と改めた嘉兵衛、配下の森島以蔵を伴っていた。

左内は定紋のついた黒縮緬《ちりめん》羽織に仙台平の袴《はかま》を身につけた町人の他所《よそ》行きの姿に身をやつしていた。富商が、番頭の稲右衛門と手代の以蔵を伴っての道行きという格好だった。

「朝顔ぉの苗やぁ、夕顔ぉの苗ぇ」

売り声を響かせて、天秤《てんびん》に糸立筵《いとたてむしろ》でまるく包んだ苗を担いだ苗売りが通る。少しの田畑もない日本橋界隈《かいわい》のことで、物珍しげに商家の子どもたちが後を追ってゆく。

「エー。さくら草や、桜草」

板橋宿の先の戸田河原あたりから市中にのぼってきた桜草売りが通り過ぎた。

「旦那《だんな》、うでたまごは、いかがさまで」

左内の背中から、大柄の色黒の男が、さっと前に回って声をかけてきた。

「中気除《ちゅうきよ》けにゃ家鴨《あひる》のたまごが一番でやす」

男は商売慣れしないのか、やたらと目瞬《まばた》きを繰り返しながら、右手に提げた手籠《てかご》を左内の顔の前に突きだした。豆絞りを頬被《ほおかぶ》りにしたまではいい。だが、尻端折《しりはしょ》りの小袖《そで》の下は継ぎのあたった股引《ももひき》をだらっと穿《は》いて、草鞋《わらじ》履きという気の利かない形装《なり》には苦笑するしかなかった。

「中気のまじないなら、花祭りの日だろう。それに、あたしは六々の三十六でね。厄までは間がある歳《とし》だから、まだ中気除けは要らないねぇ」

左内は笑いながら答えた。四月八日の灌仏会《かんぶつえ》の日に、たまごを食べると中気にならないと言われていた。

「へぇ、おあいにくさま」

卵売りはそれだけ言うと、「たまご、たまごぉ、あひるのたまごぉ」と、もっさりとした売り声とともに去っていった。

「いや、なんとも鮮やかかな。これはまさしく異国風ですな」

以蔵が驚きの声を上げた。

左内たち三人の目を奪ったのは、カピタンの逗留《とうりゅう》を示すために、長崎屋の門前に張りめぐらされた幔幕《まんまく》であった。カピタンは、対日貿易で莫大《ばくだい》な貿易利益を得ていることを謝するために、年に一度、多くの献上品を携えて将軍に拝謁する定めとなっていた。

「この紅白青の三色は、阿蘭陀《オランダ》国の旗の色でございますな」

稲右衛門は、首を左右に振って幔幕を見渡してから教えた。

長崎屋は、高い冠木《かぶき》門《もん》の脇に千鳥破風《ちどりはふ》造の番所を持つ黒塗りの堂々たる構えで、東海道各宿の本陣の表掛かりとよく似た構えを持っていた。

カピタンに対して左内は、日本橋田所町に店を構える呉服問屋、河埜屋喜三郎《こうのやきさぶろう》を名乗って面会を申し込んでいた。河埜屋は、尾張家隠秘御用の者たちの江戸城下の根拠地となっていた。用談の向きは、絹物の売り込みとしてあった。

左内たちは、夕七つ（午後四時頃）の鐘の五つ目を背中で聞きながら、長崎屋の冠木門を潜《くぐ》った。

一階の客間で半刻近く待たされた後、七つ半（午後五時頃）近くなってようやく長崎屋の初老の番頭が案内に来た。左内と稲右衛門は、店の奥へと進んだが、以蔵は河埜屋の手代役なので残らざるを得ない。

狭い階段を上がって狩野派風の豪快な筆致で枝振りの見事な紅梅の描かれた襖を開けると、カピタンが居間と客間を兼ねて使っている広い座敷であった。

長崎屋の見取図が頭に入っている左内は、この座敷が鐘撞堂新道に面していることも、カピタンの寝室が隣の八畳間である事実も知っていた。

部屋の中央には四人の男が、猫足の優美な椅子《いす》に腰掛けて左内たちを待っていた。左内たちの正面には揃《そろ》って黒繻子《しゅす》の上着を羽織った二人の白人の男、商館長のフィッセルと上外科医のヘンドリックが座っていた。右側には大通詞《だいつうじ》の杉森養徳《すぎもりようとく》、左には阿蘭陀人逗留中詰切出役《つめきりしゅつやく》の吉川宗右衛門《よしかわそうえもん》が陣取っていた。

大通詞は四人交替で蘭語の通訳や翻訳のつとめを果たす世襲の役で、長崎奉行の配下にあった。カピタンの江戸参府への同行や阿蘭陀風説書の翻訳が大通詞の主要な任務であった。

詰切出役は公儀の立会役、つまり長崎屋で蘭人と面談する際に、胡乱《うろん》な動きをする者がないかを見極める役の人間である。

カピタンのフィッセルは金髪のよく太った五十歳くらいの男で、杉森養徳の紹介の言葉に応じて、髭《ひげ》だらけのまるい赤ら顔に人のよさそうな笑みを浮かべて握手を求めてきた。

握手という紅毛人の奇妙な習慣を左内は星野織部より学んでいたので、躊躇《ちゅうちょ》なく右手を差し出した。金色の体毛に覆われたぶ厚い掌《て》が印象的だった。

四十前と思《おぼ》しき医師のヘンドリックは如才のない笑みを浮かべて握手を求めてきた。瘦《や》せぎすで茶がかった灰白色の髪を持つ賢げな容貌《ようぼう》を持つ男だった。

ただ、笑顔のなかで少しも笑っていない鳶色《とびいろ》の目が人を見る、鋭すぎる視線に、左内は引っ掛かる印象を受けた。この男は、ただならぬものを持っているのではないか。そんな直感が浮かんだ。

左内は、以蔵に担がせてきた唐織などの豪奢《ごうしゃ》な絹織物を、見本と称してカピタンと医師に大量に贈った。これらの絹織物は、出島商館ではなく個人に対する贈答品として二人の懐に入るわけだった。

若い女中が、濁手《にごしで》白磁の茶器に入れた煎茶《せんちゃ》を運んできて卓子の上に次々と置いていった。

左内の右手は部屋の中にいるほかの五人の人間の誰もが気づかないうちに、左右に座る二人の日本人の前に置かれた茶の中に茶匙《ちゃさじ》一杯ほどの白い粉末を投げ込んでいた。

「この敷き布は、欧羅巴《エウロパ》では諸侯、諸大夫が殊のほか好む品で、ぺるしやと申す国の産です」

大通詞の杉森養徳は、床に敷かれた絨毯《じゅうたん》を指さして紹介した。

「絹織物ではございませぬな」

呉服商の河埜屋喜三郎を名乗る左内は、満面に慇懃《いんぎん》な笑みを浮かべて訊《き》いた。

「ぺるしやでは、羊の毛を染め、織り子が機織りよろしく長い時を掛けて織り上げるそうな……ふぁあ」

杉森は慌てて口元を手で押さえたものの、大あくびは隠せなかった。

「失礼つかまつった。昨夜は、だいぶ飲み過ぎたようでござる……」

話の途中で、杉森は突如としてかくんと頭を垂れた。左内は卓子の左側に座る詰切出役の吉川宗右衛門の顔を見やった。

「いや、杉森殿を笑えぬ。拙者も酒が残っているようで……」

もともと、半分は居眠りしかけていた吉川が、卓子に突っ伏して鼾《いびき》をかき始めた。

「杉森さま……。吉川さま……」

打ち合わせ通り、稲右衛門が二人の身体《からだ》を揺すった。だが、甲賀でも特に強い眠り薬を盛ったからには、耳元で太鼓を叩《たた》かれたとしても、まず一刻（約二時間）は覚醒《かくせい》しないはずだった。

蘭人たちは、二人のサムライが突如として眠った事態に、驚きの表情を浮かべた。

「カピタン殿、まずはこれをお返し申そう」

左内は懐から銀色に光る十字架を取り出して、フィッセルの顔の前に突きだして二、三度、軽く振ると、静かに卓子の上に置いた。

フィッセルは大きな衝撃を受けた。まるで、みぞおちを打たれたように、うっという叫び声をあげるや、稲右衛門の通訳を待たずに、卓子の上から十字架をひったくると、自分の上着の隠しに収めた。

赤ら顔からすっかり血の気が失《う》せたフィッセルは、ガタガタと震えながら上目づかいに左内を見て、何ごとかを呟《つぶや》いた。

「この十字架は、まことに大切なもの。何故に組頭がこれをお持ちか、と訊《たず》ねております」

左内は意地の悪い笑みを浮かべるように努めて、フィッセルを低い声で恫喝《どうかつ》した。

「拙者は、深更とて払暁なりとて、そこもとの寝所などには、意のままに伺える。されば……」

懐から小さな剃刀《かみそり》を出して右手の先で弄《もてあそ》びながら、左内は口元を意地悪く歪《ゆが》めて含み笑いを漏らした。

「カピタン殿の寝首を掻《か》くなど、朝茶の子でござるよ」

稲右衛門が訳した言葉を聞いたフィッセルは、蠟人形《ろうにんぎょう》のような真っ白な顔になると、頭を抱えて卓子に突っ伏した。大きな両肩は、瘧《おこり》にかかったように震え続けた。

上外科医ヘンドリックの顔色に変化は見られなかった。しばしの沈黙の後、左内の顔を見つめながら、はっきりした口調で言葉を発した。

「わたくしたちが何者なのか、どういう心算でかような振る舞いを為《な》すのか、と医者殿は聞いています」

左内は軽くうなずくと、剃刀を懐にしまい、フィッセルの肩に手を掛けた。

びくっと、バネ仕掛けの人形のように頭を上げたフィッセルに、左内はゆったりとした声音で語り始めた。

「まずは聞かれよ。カピタン殿、医官殿。拙者どもは、決してそこもとたちを害そうというのではない。むしろ、阿蘭陀国に多大なる便宜を図り、そこもとを大いに利する申し出を持って罷《まか》り越した」

フィッセルは、左内の穏やかな声音に少しく落ち着き、言葉に耳を傾け始めた。

「拙者どもは、近々、今の公方に代わって、日ノ本を治める方の意向を伝えに来ている」

フィッセルもヘンドリックも目をまるくして絶句した。ややあってヘンドリックが、口を開いた。

「わたくしたちが、何者かと重ねて尋ねております」

左内は眉間《みけん》に皺《しわ》を寄せ、厳しい表情を作って告げた。

「決して何人にも漏らしてはならぬ。漏らさば、たとえ出島に帰ろうとも、そこもとの命は一両日中に絶たれるであろう」

稲右衛門が左内の口調を真似《まね》して厳かに伝えると、二人の蘭人は真剣な表情でうなずいた。

「拙者どもは、将軍家の親族筆頭の尾張国太守であり、名古屋城主で遊ばされる中納言さまの家臣でござる。中納言卿は、我が日ノ本で将軍家に次ぐ力を持つお方である」

力とは武の力、財の力だと稲右衛門が訳すと、蘭人たちは尾張家の名に反応を示し、名を知っていると告げた。

今日の日に先立って尾張家から商館宛てに、高価な有田焼の壺《つぼ》などの品を秘《ひそ》かに贈ってある。蘭人たちは、名古屋城が壮麗広大である事実も参府の旅の途上で知っていた。

「中納言卿におかれては、阿蘭陀国の船を只今《ただいま》のように、年間一隻ではなく、何十隻でも意のままに来航されたいと仰せある。さらに、将来は出島に限らず、江戸表や大坂に於《お》いても商館を建造するを許されるお心づもりもお持ちである」

フィッセルは、急に無理に笑顔を作ると、ずるそうな目つきで身を乗り出した。

「まことならば、出島商館は、尾張徳川家と取引したいと申しております」

「まことにするには、阿蘭陀国の力を借りねばならぬ」

フィッセルはけげんな表情を浮かべた。左内の言葉の意味が解しかねる顔だった。

左内は、フィッセルの目を気合いを込めて見つめながら、肝心の話をゆっくりと告げた。

「機を見て、我ら尾張徳川家は、この国を疲弊させ続ける将軍家を弑《しい》する。……その折、阿蘭陀国の軍船を三隻ほど、名古屋の湊《みなと》まで回航されたい」

稲右衛門の蘭語を聞いたフィッセルは口をぽかんと開けて、しばらく無反応になってしまった。やがて、大柄のカピタンは震え始めて耳を塞《ふさ》ぎ、卓子に突っ伏した。

「どうした。カピタン殿。そこもとたちにとって、この上もない話ではないか」

代わって、ヘンドリックが硬い表情で答えた。

「大変に結構なお話ながら、出島商館には、仰せのような力はない、と申しております」

「かく言われる力とはなにか」

左内はあえて声を荒らげた。

「出島商館は、商いだけに任じられた役所にて、軍船を呼ぶ力はないそうです」

ガタッと椅子を蹴立《けた》てて、フィッセルが立ち上がった。カピタンは、覚束《おぼつか》ない足どりで座敷の左手の際まで進んだ。そのまま、白梅を描いた襖《ふすま》を開け、隣の部屋へと転げるように消えていった。

「Me gusta...」

低い声で何事かを呟いたヘンドリックは立ち上がると、慇懃に一礼をして踵《きびす》を返した。

開け放された襖のところまで来ると、ヘンドリックは振り返り、初めて微笑《ほほえ》みを浮かべて口を開いた。

「U kom dan naar Dejima」

ヘンドリックの長身の背中は別室に消え、金箔《きんぱく》張りの白梅の襖が音を立てて閉じられた。

「あの医者は、なんと申したのだ」

「必ず出島を訪ねてこられよ……と、しかし……」

稲右衛門はちょっと言葉をきって不思議そうに首を振った。

「立ち上がる前に呟いたメ・グスタという言葉は、なにゆえか、エスパニアの言葉でございました……」

「いかなる意味だ」

「気に入った、と」

「そうか、それは上首尾だ」

尾張家の申し出に哀れなほどに脅えてしまったフィッセルと比べて、堂々とした態度を保ち続けたヘンドリックに、左内は、違和感を持ち続けていた。なまじの武士には見られぬ胆の据わり方である。やはり、あの男はただの医者などではない。

（手応《てごた》えはあった。なに、もとより長崎には向かう心算ではあったわ……）

左内は、心の中で、すでに長崎へ向かう段取りを考えていた。

第五章　流れの雨の出島図絵

1

五月雨《さみだれ》は降り続いていた。柳の木が南風に揺れ、葉裏の雫《しずく》が宙に弾《はじ》けては消えた。紅龍を織り込んだひすい色の緞通《だんつう》に座った満汐は、手にした銀煙管《きせる》に一服吸い付けた。

金砂子の貼壁で囲まれた数寄屋《すきや》造に、芳香と紫煙がゆったり漂い始めた。

窓際に座る左内は、紅色の欄干越しに暮れ始めた細い坂道を見るともなしに見ている。藍地に茜《あかね》で草木紋を染め出した古更紗《さらさ》を着流した、幾らかにやけた町人体だった。

「まったく、よく降りゃあがる」

振り返った左内の瞳《ひとみ》の輝きに、満汐の胸は不思議に騒いだ。

去年の早春の銚子街道で、薄闇《うすやみ》の中から浮かび上がった左内を見た時と同じ胸の高鳴りだった。

「丸山じゃ、梅雨のことを『流れ』と呼びまする。長崎の梅雨は、それはひどい降りが続いて、田でも畑でも、なんでも押し流すからそう言うの」

内心のうろたえを押し殺し、満汐は平板な調子で答えた。

「島原の粋《すい》とも違う。北国《なか》の華奢《かしゃ》とも似ない……。が、美しいな」

左内が称賛したのは、満汐の衣裳だった。

黄小袖に緋《ひ》繻子《じゅす》の打ち掛け重ね着。北国の遊女と比ぶればあっさりとした着こなしながら、目の覚めるような緋色《ひいろ》の綸子《りんず》地には、豪奢な摺箔《すりはく》見立ての銀糸で南蛮唐草をあしらう凝りようだった。

「うふふ。売物には花を飾れ」

「なんだって？」

「売りたい品物は、きれいに飾らなきゃ損と申します。丸山の妓《こ》たちは、誰も彼もが美粧自慢じゃ」

「なるほどな、丸山女は衣裳が花か」

丸山遊郭は、遊女がまとう衣裳の華やかさで知られ、江戸の北国《なか》の張り（心意気）に、京は島原の器量、丸山の衣裳で傾城《けいせい》の華、三拍子が揃《そろ》うと謳《うた》われていた。

金泥色絵伊万里《いまり》の大皿と、甘茶の花が投げ活けられた朝鮮唐津の水差が飾られた床の間を背に、左内は座り直した。

満汐は、かたわらの紅木《こうき》棹《ざお》の三味線を手にとった。軽く爪弾《つまび》きながら、絲《いと》を低く水調子にあわせてゆく。水の流れるが如《ごと》き、さりげない調弦法は、渋い音曲に向いていた。

——今夜はゆるす　あすの夜は　ちとまた此世の　憂さはらし

低い調子にあわせて、満汐は寂《さ》びた歌声を黒漆縁の格天井《ごうてんじょう》に響かせた。

左内は黙って満汐が吸い付けた煙草《たばこ》を吸いながら、満汐の声に聞き入っている。

「河東節《かとうぶし》も乙なもんだが、まったくの江戸前さね。長崎じゃあ受けねぇだろう。満汐自慢の手ぎれいな三弦が泣くな」

河東節には、『助六』のような江戸前のいきな座敷歌が多かった。

「いいえ。長崎のお客は、島原の西郭なりでも吉原気質《かたぎ》でも、ことごとにお好きじゃ。唐人やら、蘭人やらと一緒に住んでる街ですもの」

満汐は三味線を弾く手をとめて、かすかに笑った。

「違《ちげ》ぇねぇ。なにしろ、くんちとやらいう祭りで唐人の龍踊《じゃおど》りを盛んに舞う街の話さね。ところで、太兵衛から聞いたが大した評判だったそうだな。満汐太夫の羽衣は」

「ご内所を初め、御旦那衆《おだんなしゆう》、お奉行さまからもおほめの言葉を頂けました」

「満汐のことだ。真正、天に舞い上がるようなキリだったろうな」

左内は煙管を煙草盆に置いて、満汐を見据えた。

「さて、無駄話はこれくらいにしよう」

組頭の顔に戻った左内に、満汐は三味線を手から離した。

「満汐、明日から蘭館入りせよ」

三日前、左内が姿を現した時から予想していた下命だった。戸山荘で織部から聞いた話と、どう関《かか》わるのかは見えなかったが、尾張徳川家が阿蘭陀国と接触しようとしていることはわかっている。

「カピタンの通い妻となるのでございますか」

「いや、医官のヘンドリックという男だ」

「医者さまでございますか」

「ただの医者ではない……カピタンは頼りにならぬ小心者だが、ヘンドリックは性根が据わった利け者よ。我らが話をする相手としてふさわしい。満汐のつとめは、この医者どのの心を我らに向けることにある」

尾張家が阿蘭陀国との交渉相手に選んだ男だ。それなりの人物なのであろう。

「承知 仕《つかまつ》りました」

満汐は、ただ一言で命を受けた。

「江戸では蘭人を紅夷《こうい》と称して赤鬼とも喩《たと》える。されど、彼の医者は鬼どころか、四十前と見ゆる中高のいい男よ」

「たとえ、相手が鬼でも蛇でも、厭《いと》うものではございませぬ」

満汐は目に力を籠《こ》めて左内を見返した。つとめである限り、相手が誰であれ否《いな》やはない。自分の覚悟を左内が疑っているように思えて悔しかった。

「お前は、よい忍びと育った。此度《こたび》のつとめも難なくこなそう」

満汐の内心を見透かしたか、師匠の顔を見せて左内は笑った。

(忍びの道は自ら選んだ道。この身に、父上の血が流れているからには、忍びとして生き、忍びとして死ぬほかはないのだ……)

満汐は唇を引き締めた。

雪野の父、望月右衛門《うえもん》は、江戸御側組に属する左内配下の甲賀同心であった。望月家は、武田家の忍びであり、甲州大月の近郊に勢力をふるっていた郡内望月家の裔《えい》だった。

右衛門は自ら「忍び道楽」というほど忍びの道を愛した男で、男子を持たない悔しさからか、一粒種の雪野を女忍びに育て上げようとした。

雪野が幼い頃に妻を労咳《ろうがい》で失った右衛門は、娘かわいさにか、二度と娶《めと》らなかった。右衛門は武家娘として必要な素養に加え、剣技を初めとする忍び技の数々も、諸国諸家中の気風に関する知識も言葉も教え込んだ。

父は五年前に病に斃《たお》れた。

——お前を忍びとして育てようと試みたのは、人の親としては過ちだったやもしれぬ。されど、父にはほかに選ぶ途《みち》はなかった。父の心根を察してくれ……

いまわの際に右衛門は、存念を残した。野辺送りの朝はそのまま、雪野が忍びとして望月の家を継ぐべき時であった。十三を数えた雪野は、左内に忍びとしての訓育を乞うた。

三尺の童子の頃から知っている雪野は、左内にとっては姪《めい》とも妹ともつかぬ存在であった。

忍びの道を選んだ者が、まっとうな武家の妻になれるものではない。終生、尾張家が養ってくれるとはいえ、忍びの道を選べば、雪野に武家女房としての将来は存在しなかった。

初め首を縦に振らなかった左内は、やがて雪野の気概に負けた。

左内の訓育は、苛烈《かれつ》の一語だった。

夜が明けると、真剣を執っての打ち合いで一日は始まる。数丈の崖《がけ》を飛び、梁《はり》の上を音も立てずに走る。漆黒の闇では茨《いばら》の道を走り、堀の水中に一晩潜んだ。血まみれ痣《あざ》だらけになっての日々が続いた。死にかけたことも一度や二度ではなかった。

――耐えろ。ここで耐えねば、野辺に骸《むくろ》をさらすだけぞ
繰り返し戒める左内の言葉によく従って、雪野は耐えた。

長年に渡り、左内は師以外の何ものでもなかった。

左内が、満汐の身体《からだ》に触れずに幾夜を過ごして来たのは、お互いにとって、ごく自然の振る舞いであった。

「太兵衛が、満汐を医官の通い妻とする手はずは整えた。明日の蘭館入りは、なべて太兵衛に任せてある」

左内の声に満汐は我に返った。

丸山の遊女たちは、立入が厳格に規制されている唐人屋敷と阿蘭陀商館への出入が自由であった。

出島内には湯殿や台所を備えた遊女部屋まであり、遊女と同棲《どうせい》するカピタンすらいた。吉原や島原とは大きく異なり、丸山遊郭では、遊女の外出や外泊もおおっぴらに

認められていた。

丸山町の遊女たちこそ、一部の役人や御用商人を除けば、江戸三百年に渡って日常的に親しく外国人と接した唯一の日本人であるとも言えた。

「稲右衛門と話さねばならぬ事がある。今宵は戻らぬ」

いきなり立ち上がった左内は、影のように部屋の外に消えた。

2

翌日の長崎は、梅雨の中休みとなった。朝のうちは小雨のぱらつく白映え模様だったが、昼前にはすっかり晴れあがり、清々《すがすが》しい青空が広がっていた。

江戸町のはずれ、長崎湾の最奥部に掛かる出島橋たもとの制札場に、長門屋主人の太兵衛に連れられた満汐と禿《かむろ》の小波《さざなみ》は立っていた。

橋向こうの入江のみぎわに浮かぶ、南北に延びた島こそ、満汐が今日から通う出島であった。

(いよいよ蘭館入りじゃ。この橋を渡れば、もはや、左内どののお力を頼ることもかなわぬ)

満汐は、身の引き締まるのを覚えた。

野面積みの石垣に支えられて、細い縦板をぎっしりと組んだ高さ九尺（二七〇センチ）ほどの塀が見えていた。塀には針山のように隙間《すきま》なく忍び返しが植え込まれている。

（ずいぶんと並べ立てたものじゃ。ご丁寧なこと……）

左内ら甲賀衆なら、このくらいの塀を越えるのは雑作もなかった。

塀から上には藍鼠《あいねず》色の甍《いらか》の波が覗《のぞ》いていた。屋根の数から見るに、狭い島内には建物が十数棟以上も建ち並んでいるようであった。

右手中ほどの屋根の間から空高く聳《そび》える旗竿《はたざお》には、赤・白・青、三色横縞《よこじま》の大きな旗が西南の微風に力なく翻っていた。

出島は寛永十三（一六三六）年に竣《しゅん》工《こう》した扇形をした人工の島だった。医師ケンペルは、元禄期の出島の広さを横八十二歩、縦二百三十六歩であると記録している。駐在員たちは、カピタンが将軍拝謁のために江戸に参府する時以外には、出島から出ることはできなかった。

日本人で出島に出入りできるのは、巡見の際の長崎奉行、カピタンを訪問する大名のほかには、奉行所の役人、町年寄、阿蘭陀通詞、出島の事務の一切を監督する地役人の出島乙名《でじまおとな》など公用の者に限られていた。

例外的に貿易商人や出島内の需要に応《こた》える職人などが門を入る時には、出島乙名が発行する木製の門鑑を番士に提示しなければならない定めだったが、密貿易を防止するために門鑑の発行はきわめて制限的であった。

満汐は、太兵衛や小波とともに出島橋を渡った。左側には、橋桁《はしげた》と平行して江戸町から出島へ飲料水を送る水樋《みずとい》が海の上に延びているのが目を引いた。

満汐の前を歩く太兵衛は、武芸百般にすぐれた忍びであるだけに、降り注ぐ陽ざしを浴びる背中は大きかった。

満汐のかたわらに立つ小柄な小波は、当年十三歳で、そろそろ引込禿《ひっこみかむろ》の時期が近づいていた。丸山でも十四歳か十五歳になると、禿は内所へ引っ込ませて使い、遊女見習いである新造になる準備をさせた。この習いを引込禿といったが、浮世巾着を手にして、あたりを珍しげに眺めまわしている小波の姿は、まだまだあどけなかった。

満汐は太夫職にあるので、座敷に出る時には、振袖新造が従い、禿も二人から三人附《つ》くのが通例であったが、蘭館入りする時には一名の禿だけが付き従うのが習いだった。

番士たちに会釈すると、太兵衛は、橋向こうへ歩き去った。

対岸まで戻った太兵衛に、供の男衆が駆け寄ってくるのをしおに、満汐は出島の門を潜《くぐ》った。

海風が強くなってきた。旗竿に掲げられた三色旗は南風に力強く舞い始めた。

3

（赤鬼……とは、ほど遠いお方……）

窓を大きくとった採光のよい部屋の中で、満汐は上外科医のヘンドリック・ファン・デル・ハステルの顔を見つめていた。

左内は「中高のいい男だ」と言っていた。たしかに、ヘンドリックは、鼻筋の通った品のよい顔立ちをしていた。

短く刈り込んだ茶がかった灰白色の髪の下の、広く秀でた額は聡明さを表していた。満汐を見つめ返す明るい鳶色《とびいろ》の大きな瞳は、穏やかな人柄を感じさせた。引き締まった意志の強そうな唇には、親しげな笑みを湛《たた》えていた。

金筋の入った紺色毛織のたっつけ袴《ばかま》に、平織の白い薄物を羽織った形装《なり》も、見慣れぬ姿でありながら、満汐には、清潔で軽快に見えた。

痩《や》せぎすとはいえ六尺（一八〇センチ）を超える長身に脅えたのか、小波は身体を小刻みに震わせている。

十二畳ほどの二階の居間は畳敷きだが、緞通が中敷きにされていた。中央には花梨《かりん》の卓子や椅子が置かれ、蘭人の住まいらしい風情を作っていた。

満汐のかたわらで当番通詞の楢林《ならばやし》という若者の高い声が響いた。

「もし、ヘンドリック殿とどうしても話が通ぜぬ時には、西南角の通詞部屋をお訪ね下さい。宿直《とのい》の者と代わる夕刻までは、そこにおります。では、わたしはこれで……」

「いろいろとお世話をおかけ致しました」

頭を下げると、紹介を終えた若い通詞は、満汐をまぶしそうな顔で見ながら階下へと去ってゆき、部屋にはヘンドリックと二人の女が残された。

開け放たれた窓からそよぐ風は、部屋の中に気持ちのよい潮の香りを運んでいた。

「よろしく。ミチオさん……」

満汐は我が耳を疑った。通詞とは蘭語しか交わさなかった上外科医は、日本の言葉で呼びかけてきた。左内より少し低く、よく響く耳当たりのよい声であった。小波の顔を見ると、目をまるくして口をぽかんと開けている。

「満汐です。み・ち・し・お」

ゆっくりと発音してみると、ヘンドリックは額に軽く縦じわを寄せて耳を傾けた後、満汐の発音を必死で真似《まね》しようとした。

「ミチィオ……。ミチイオ……」

自分でもうまく発音できていないと悟ったのだろう。ヘンドリックは照れて小さく笑った。

（案外に、かわいらしい笑顔だこと）

澄ましていると厳しい顔つきのヘンドリックが笑うと、どこか少年を思わせるところがあって、人を惹《ひ》き込む魅力を持っていた。

「U bent de schoonheid !!（貴女は実に美しい女性だ！）」

ヘンドリックは、叫び声をあげた。

浮かべた笑みから、照れ隠しに自分への賞賛の言葉を叫んだと満汐は感じた。ヘンドリックは相応する日本語の表現を探していた。

「……ミチィオ。あなたとても綺麗《きれい》な人」

叫び声が、予想通りの讃辞であったのが、なんとなくおかしくて、満汐はふふと笑ってから、謝意を示して辞儀を返した。

「ありがとう。この子は小波といいます」

「サズナミ……。なんと、かわいらしい」

小波はあわてて、頭をぺこりと下げた。相変わらず口は利けないが、身体の震えは止まっていた。

「お世話になり申します」

「はい。わたしを、ヘンドリックと呼んで下さい」

反対に、ヘンドリックの名前を呼ぶのは、満汐には至難の業《わざ》であった。

「ヘンドリク……さま」

「そうです。……わたし、あまり難しい言葉はだめです。それから、わたしの言葉が判《わか》らないときは、聞いて下さい」

「いえ、とてもお上手です。ちゃんと判ります」

意思の疎通を気づかうヘンドリックの態度に、温かい人柄を感じて、満汐は安堵《あんど》に胸をなで下ろした。

「あの……ミチィオ。今日は空が青いです。海の風がとても心地よい。外、歩きましょう。だめでしょうか?」

「あ……。はい。いえ、あの、歩きたいです」

(雅びたお方……)

いきなり床に誘われるのが当然と思っていた。色事に先んじて自然を愛《め》でることを求めるヘンドリックには、いささか面食らった。

だが、恋に至るには手間暇を惜しまない振る舞いには、王朝の貴公子の心ばえにも似た雅びた風情を覚え、満汐は湧《わ》き出ずる好感を抑えられなかった。

出島のほぼ中央には、白い小砂利の撒かれたゆるい弓なりの目抜き通りが通っていた。上外科医部屋を出て通りを西の方に歩いてゆくと、左手に抜きんでて大きな白い建物が目に入ってきた。

「あれは、カピタン部屋です」

ヘンドリックが指さす広壮な建築物は、木造ながらほかの建物とは異なり、紅毛風の意匠が強く表れていた。白く塗られた羽目板の壁の二階には、青い欄干が建物一杯に通っている。掃出窓の向こうには、一面に金唐革《きんからかわ》の壁紙が貼られた豪華な広間が見えた。金銀に輝く壁紙に加えて、居間の天井から下がる大きなビードロの吊《つ》り行灯《あんどん》が、なんともきらびやかな印象を与えた。

金唐革は、なめし革などに金箔や銀箔で模様をあしらった壁紙だった。高価な渡来品として珍重され、江戸では、小さく切って煙草入れや紙入れなどの小物に使うのがせいぜいだった。

カピタン部屋は、商館長の居室であり執務室であると同時に、その大広間は大宴会などの際に用いられていた。

「ここにカピタンがいます。ミチィオの友だちの人もいる。綺麗《きれい》な人。でも、ミチィオのほうが綺麗」

ヘンドリックは笑った。同じ丸山町にある京屋抱えの柏木《かしわぎ》という遊女が、カピタンの部屋に住み込み勤めをしていることを、満汐も太兵衛から聞いている。この大きな建物には、遊女がカピタンと一緒に暮らすための設備も備えられていた。

「ヘンドリックさま。美しい鐘ですね。あれ」

満汐の注意をひいたのは、カピタン部屋の角の櫓《やぐら》に吊《つる》された小さな金色の鐘だった。陽ざしに輝く金属光沢の表面には、複雑精緻《せいち》な唐草に似た模様と西洋の文字が刻まれていた。

「鳴鐘《めいざん》です。食事の時に叩《たた》くのです」

カピタン部屋に続くのはヘトル（商館長次席）部屋、石積みの蔵はレリー（荒物倉庫）とドールン（織物倉庫）、湯気の立っている平屋はコンパンヤ（調理室）といった具合に、ヘンドリックは一つ一つの建物を案内してくれた。ヘンドリックがすべてを和語で説明するのは無理だった。

通りを歩いているうちに、多くの蘭人たちと行き交った。

商館員たちは、一様に満汐たちに好奇の視線を向け、誰もが蘭語でヘンドリックに、なにやら話しかけてきた。

「みなが、ミチィオのことを綺麗と言ってます。わたし、鼻が高い」

ヘンドリックは、自分の鼻を指さして、誇らしげな表情をつくる。

「ミチィオの着物も、とても綺麗とほめてる。嬉《うれ》しい」

（ヘンドリックどのは、やはり、よいお人なのかもしれぬ……）

満汐は、自分のことを手放しに自慢するヘンドリックに、子どものような無邪気さを感じて微笑《ほほえ》んだ。

様々な異人たちの姿に、小波は口がきけないほど驚いていたが、俯《うつむ》き加減の姿勢で、おとなしく満汐の後を従いて来る。

ぐるりと出島全体をめぐったヘンドリックは、最後に満汐と小波を、東のはずれにある花卉《かき》園に連れて行った。几帳面《きちようめん》に四角に御影石で縁取られた花壇には、名も知らぬ色とりどりの花が咲き乱れて、甘い香りが漂っていた。

十畳ばかりの明るい寝室に満汐とヘンドリックは籠《こ》もっていた。黄金色の西洋風の小紋が描かれた白い壁紙が瀟洒《しようしや》な趣を持つ部屋だった。小波は二つ離れた小部屋で絵双紙でも眺めているはずだった。

ずいぶんと長い時間、ヘンドリックは樫《かし》の寝台に横座りに座って満汐の唇を離そうとしなかった。

満汐は、出島を散策するうちに、ヘンドリックという医師の優しさに好感を持っていた。

ヘンドリックの人柄に触れた満汐にとっては、日本人には見られない大柄の身体も全身を覆う体毛も、紅毛人独特の強い体臭も、すでに不快ではなくなっていた。

むしろ、長門屋で身を接した客のほうに、遥《はる》かに野卑で嫌悪感を伴う相手が多かった。むろん、どんなに嫌悪感を伴う相手であっても、つとめのためと思わば心に波風を立てることもなく、これまで幾人もの男に肌を許してきた満汐だが……。

ようやく唇を離したヘンドリックが、寝台に満汐を押し倒したとき、目をつむる満汐の心に、稲妻のように左内の涼しげな笑顔が浮かんだ。

(左内どの……)

満汐は頭を振って、左内の面影を消し去ろうと試みた。

現実に戻った満汐は、身体中をまさぐるヘンドリックの拙い右手の動きに耐えた。

だが、わずかな違和感も相手に抱かれてはならなかった。

両の手が小袖の胸元をくつろげた。ヘンドリックは喉《のど》を鳴らして、満汐の乳に貪《むさぼ》りつく。

ヘンドリックは、夢中になって乳を吸い続けた。男の巧みな愛撫《あいぶ》ではなく、まるで、嬰児《あかご》のごとく……。そうしていれば乳が出るかのように、ヘンドリックは、ただただ、がむしゃらに乳首を吸い続けた。

徐々に陽が傾いてゆき、部屋の中は西陽が射し込み始めた。

やがて、満汐に不思議な感覚が生まれてきた。ヘンドリックが自分の嬰児そのもののように思えてきた。満汐の胸に甘いうずきが走った。母が嬰児にするように、満汐は乳房に手を添えてヘンドリックに吸わせた。

（幼いお人……。どのような母御に育てられたのやら）

夕凪《ゆうなぎ》がやってきたのか、茜色に染まる二階の部屋の中には、開け放たれた窓から少しの風も入っては来なくなった。

ヘンドリックが女に対して案外と初心《うぶ》だと知った満汐は、容易に官能の深みにこの男を導ける自分を見出した。

今の自分のつとめは、無防備なこの異人の医師を解き得ぬ呪縛《じゅばく》にかけることにある。おのれ自身の肉体によって……。

左内の下で三年の修行を終え、十六の歳《とし》で忍びとして立ったとき、雪野は未通女《むすめ》だった。

卯月にしては蒸し暑いある深更。一人の男が寝間を襲い、雪野は女にされた。

――御下命にて罷《まか》り越し候……

筋肉の秀でた男は、わずかにその言葉だけを発して、雪野に覆い被《かぶ》さってきた。定めを知っていた雪野は驚きはしなかった。

とは言え、生娘で嫁す者が稀《まれ》な江戸の町家の女ならまだしも、未通女に大きな価値を見出す武家の娘にとってはなんとも酷忍な定めだった。

忍びとは文字通り、人としての感情を堪え忍んで生くるものと教わって育った満汐には、つらい時を堪えうるだけの力があった。雪野は歯を食い縛って心と身体の痛みに耐えた。

男が何者なのかを雪野はいまだに知らない。初めての男に残りかねない執心を防ぐための甲賀の知恵なのだろうが、酷忍な定めには違いなかった。

自分を女にした男を知らぬ奇体さは、そのまま、忍びの人としての畸形《きけい》ぶりを表しているように雪野には感じられた。

夜ごと訪れる使者は、真の闇の中で男を悦《よろこ》ばせる床あしらいのすべてを教え込んだ。

雪野はよく応えたはずである。

だが、雪野が学んだのはむしろ、身体と心を切り離すという技であった。忍びとして遊女と化すために何より肝要なのは、身体がどんなに高みに達しても、心は常に蒼《そう》氷《ひょう》の如《ごと》く醒《さ》めていることにほかならなかった。

「ヘンドリックさま……。満汐に溺《おぼ》れてくんなんしえ」

満汐は、媚《こ》びを含んだ流し目でヘンドリックを見て吐息をつくように囁《ささや》いた。

「ミチィオ。あなた素晴らしい……」

あたかも愁いを表すかのように眉を寄せて白い頬を紅潮させたヘンドリックが、自分の瞳の光に心を溶かしてゆく確かな手応えを、満汐は感じた。

満汐は白い肌襦袢《はだじゅばん》一枚の姿で寝台のかたわらに立った。

背中にヘンドリックの熱い視線を感じながら、身をくねらせ床にはらりと襦袢を落とした。背中の美しさでは誰もがほめる満汐は、空気を震わすヘンドリックの嘆声に密《ひそ》やかな笑みを漏らした。

満汐は、ヘンドリックを「花筏《はないかだ》」の煉獄《れんごく》へ誘い込んだ。満汐は身を捩《よじ》らせながら背中からゆっくりと、ヘンドリックの熱い昂《たか》まりに自らの身体を覆い被せていった。

満汐の熱く粒立《あわだ》つ襞《ひだ》に包まれたヘンドリックは、獣のような声をあげると全身を大きく痙攣《けいれん》させた。満汐は下半身を大きく前後に揺り動かし、ヘンドリックを容易には帰れない悦びへと誘なう。

満汐の香る汗のしぶきが飛び散った。あえぎ狂うヘンドリックは、満汐の薬籠中《やくろうちゅう》のものとなった。「花筏」は、美しい背中の魅力を存分に引き出せるとともに、きたえた腰の律動によって男を骨抜きにできる、満汐得意の曲どりであった。

ヘンドリックは苦しげに息を吐きながら、あっけなく満汐の身体の奥底に迸《ほとばし》りを吐き出した。満汐は、つとめを果たせたことに満ち足りた思いを抱きながら、かるく腰を捻《ひね》って熱い迸りを受けとめた。

二人は一刻近くもたっぷりと時をかけて情を交わし合った。

満汐は、勝利を得た安堵感を味わっていた。ひととき身も心もヘンドリックに委《ゆだ》ね、気をゆるめていられた。すでに左内の面影は消えていた。

部屋の中に宵闇が忍び寄ってきていた。夕凪の時が終わったのか、満汐の耳に、再び松籟《しょうらい》の音がさわさわと響いてきた。

4

流れの雨が降り続いていた。昼近くであるにもかかわらず、戸外は煙雨に薄暗くけむり、長門屋の二階にある満汐の座敷では、行灯の明かりがおぼろな光で金砂子の壁を照らしていた。

満汐は窓を背に三味線を手にして座る。かたわらでは、筒状にまるく削りだした欅《けやき》の両端に板のギヤマンを嵌《は》めた一尺あまりの水槽のなか、朱色の蘭鋳《らんちゅう》が二匹、揺れる緑藻の間を、ゆったりと泳ぎまわっていた。

――いうた言葉を調ぶれば　泣くよりほかの琴の音も　二十五弦の暁に　砕けて消
ゆる玉菊の

満汐は、艶のある声を座敷に漂わせていた。

河東節《かとうぶし》の名手として知られた十寸見蘭洲《ますみらんしゅう》の手になる『水調子《みずちょうし》』は、調弦法の水調子の名の由来となった佳曲だった。

床間に架かる墨竹の軸を背にした上座には、左内と安保稲右衛門が酒肴《しゅこう》を前にして座っていた。

「いや、これは美味《うま》いですな」

稲右衛門が相好を崩して椀《わん》料理に舌鼓を打った。

「長崎名物のヒカドと申します。甘藷《かんしょ》のとろみが素材のうまみを閉じ込めます。出汁《だし》をまろやかにして美味しいでしょう」

秋から冬が旬《しゅん》の料理だが、満汐は太兵衛に頼んで作ってもらった。酒宴の最後には、これまた長崎名物の鯛《たい》茶漬けも振る舞うつもりだった。

「ヒカドなど、江戸でも京でも聞いたことはない。さすがは長崎だ。料理もまた異風だな」

左内も珍しいらしく、吹き冷ましながら出汁を啜《すす》っている。

ヒカドは、ポルトガル語の picado（細かく刻んだもの）に由来する。元々はポルトガル人やスペイン人が出島に持ち込んだシチューであった。長崎人は、手に入らない牛肉などの食材をマグロや鶏肉《とりにく》に替えて和風に仕上げた。ほかに、大根やサツマイモ、冬瓜《とうがん》などの野菜を賽《さい》の目に刻んで、鰹《かつお》や昆布、焼きアゴ（トビウオ）の出汁で煮る。最後にすり下ろしたサツマイモでとろみを付ける椀料理である。

箸《はし》を卓子に置くと、満汐の目をまっすぐに見つめて左内は口を開いた。

「さて、満汐の蘭館入りから五日を経たが、果たして医者どのは、いかなる男か」

力ある光の宿る瞳に吸い込まれそうになって、満汐は視線を逸《そ》らした。蘭館で日々続くヘンドリックとの情事の光景が浮かんで、心の奥底に奇妙な気恥ずかしさが生まれたからでもあった。

あれから五日、満汐は毎日、休みなく蘭館に呼ばれていた。ヘンドリックは顔を見るや抱き寄せて、満汐の身体を寝台に押し倒した。

表門に長門屋迎えの男衆が来る刻限まで、ヘンドリックは飽きることなく痴態を繰り返し、満汐の身体を決して離そうとはしなかった。長門屋には寝食のために帰るに近かった。

「嬰児《ややこ》のような……」

三味線の手を止めた満汐は、初めての日に我が乳を貪り続けたヘンドリックの姿と、胸に走った甘いうずきを思い起こした。

「……いえ、聡明で心づかいの細やかな、やさしきお人です」

満汐は言葉を改めた。これは忍びの謀議であり、軍陣の武将で言えば軍議の席だった。情に流された言葉は厳に慎まねばならない。

「ふむ……。満汐があの紅毛人を嫌でないなら、何よりだ。では、話の通ずる男と見てもよいのだな」

「洒落者《しゃれもの》と申しますか、滑稽《こっけい》の心も知る方でございまする。たとえば――」

ヘンドリックは拙い言葉をなんとか駆使して、出島に常駐する乙名や当番通詞の真似をして満汐を笑わせるなど、機知に富んだところを見せもした。

「やたらに目の鋭い男と覚えておるが、丸山町に艶麗《えんれい》の隠れなき満汐に見せる顔は、また別物と見ゆる。ところで、そろそろ稲右衛門に密書を書かせようと思うが、頃合いはよいか」

左内が表情を少しも動かさずに訊ねているのは、満汐の肉体の力で、すでにヘンドリックを籠絡《ろうらく》できているか、という趣旨だった。

「ヘンドリックどのは、満汐がいたくお気に入りのようじゃ」

顔をかすかに横に向け、素っ気なく答えてすぐに、満汐は左内の言葉に腹を立てている己れ自身を認めて、驚きうろたえた。

満汐が腹を立てたのは、ヘンドリックと同衾《どうきん》し続けている自分に対する妬心《としん》が、左内の表情に少しも見出せぬためであった。

だが、医師の籠絡はかねてよりの計略通りだった。命を発した左内がヘンドリックに妬心を抱くとしたら、それは矛盾以外の何ものでもない。

「それは重畳《ちょうじょう》だ。丸山で満汐は、床上手との評判だからな」

平静な調子で言った左内の讃辞《さんじ》は、満汐の心に、ちいさな茨棘《とげ》のように突き刺さった。幸いにも、心をざわつかせながらも必死で繕った涼しい表情に、左内は気づいていないようだった。

「されば、稲右衛門。浅き川も深く渡れだ。出島内の蘭人に読めぬように密書をエスパニアの言葉で書けるか」

「以前に戸山のお屋敷で殿さまにも申し上げましたが、わたくしは蘭語が苦手でございまして、エスパニア語ならばなんとか」

稲右衛門が太い眉を動かしながら朗らかに答えると、左内はうなずいて、視線を宙に漂わせる。

「密書の内容だが……。江戸の長崎屋でお目にかかった者だが、貴君のお言葉に従い、長崎まで参った。近々出島にお伺いしたいと存ずるが、如何《いかん》──といったところか」

「──江戸の長崎屋でお目にかかった者だが……」

稲右衛門は、天井を見あげて左内の言葉を二度まで復唱した。忍びには伝達すべき情報を暗誦《あんしょう》する技倆《ぎりょう》が要求された。

「このくらいであれば、間違える気づかいはございません」

稲右衛門は、自信ありげに左内を見た。

「よし。満汐は明日、密書を笄《こうがい》の中に秘して医者どのに渡し、かの者が読み終えし後は、ただちに滅却せよ。さらには密書に対する回答を、確《しか》と聞いて参れ」

甲賀忍び組頭としての左内の毅《き》然《ぜん》とした声が凛然《りんぜん》と響いた。

「あいわかりました」

満汐は、配下の一忍びとして畏《かしこ》まって命を受けた。

左内は凛々《りり》しき組頭であって、むろん情人ではない。満汐は、長門屋に流連《いつづけ》しながら自分に手を出そうとしなかった左内の賢明さを、今さらながらに感じた。情けを交わせば男と女、心はどのように揺らいでゆくか、その行く先は誰にも見えぬ。

満汐は背筋を伸ばすと、再び三味線の撥《ばち》をとった。渋い絲に載って雅やかな歌声が広い座敷に舞った。

5

「おお。ミチィーオ」

扉を内側から開けたヘンドリックはいきなり満汐に抱きついてきた。一尺近くはある二人の身長差を補おうとして、異人の医師は背をかがめた。

ヘンドリックは額や頬に接吻《せっぷん》の嵐《あらし》を浴びせた。無骨な接吻も背骨が折れるほどの固い抱擁も、情熱と不器用さをよく表していて、満汐は笑みを浮かべた。

だが、無邪気で真っ直ぐな好意を傾けるヘンドリックに、密書を渡すことで、自分の忍びとしての正体を明かすのは、気が重かった。

長い接吻が終わった。満汐は肩にかけられたヘンドリックの手をやさしく解《ほど》いて姿勢を改めた。

「ヘンドリックさま、これを……」

満汐は髪の根元を留めていた飴色《あめいろ》の笄を引き抜いた。開きかけた扇に似た笄を、掌《てのひら》で二つに割り、紙捻《こより》になった密書を取り出した。

ヘンドリックの額が不審げにかげった。

満汐は薄紙の皺を丁寧に延ばし、ヘンドリックに渡した。

「お目をお通し下さいませ……」

茫然《ぼうぜん》と密書を手にしていたヘンドリックは、満汐の声で我に返った。

「これは、何ですか？」

「わたくしの主人筋からの書状でございます」

ヘンドリックは、稲右衛門が書いた横這《よこば》いの蟹《かに》文字を、むさぼるように読み始めた。

「No me lo puedo creer...（信じられない）」

密書を覗《のぞ》き込んだまま、ヘンドリックはうめいた。顔色は、蒼白《そうはく》に変わっていた。

「あなたは……オワリの人ですか」

ヘンドリックの声が震えていた。

江戸の長崎屋でのやりとりからすれば、尾張家からの接触は予期していたはずである。

「はい。太夫満汐とは仮の姿でございます。わたくしは、尾張の太守さまにお仕えする卑しき者」

しばし、視線を宙にぼんやりと投げかけていたヘンドリックは、力なく立ちあがると、窓際に置かれた天鵞絨《びろーど》張りの椅子に腰掛けた。

「あなた、サムライの娘ですね」

「そうです。雪野と申します。江戸は長崎屋で、ヘンドリックさまにお目にかかった諏訪左内配下の者でございます」

「そうでしたか……」

ヘンドリックは、満汐に背を向け窓際へ向き直ると、机に伏して頭を抱えていた。

密書がヘンドリックに、こんなに大きな動揺を与えるとは予想していなかった。聡明な医師の心が如何《いか》なる衝撃を受けたのか、満汐は懸命に推察し続けた。

声の震えは尾張という権力や、暗殺の力を備えた尾張甲賀衆への恐怖をあらわすとの解釈も成り立つ。が、そうであるならば、ヘンドリックは尾張権力の走狗《そうく》として今ここにいる満汐から少しでも遠ざかろうとするはずだった。

侍の娘か、と訊ねてきたことから考えれば、本性が遊妓《ゆうぎ》ではなく忍びだと知って、今まで騙《だま》していた満汐に嫌悪の感情を抱いたとも見える。しかし、それならば、満汐に対してもっとはっきりと怒り、拒絶の態度を示してもよさそうだった。

机に伏したままのヘンドリックの背中は孤独だった。

だがその姿は、恐怖や立腹、嫌悪といった感情をあらわしているようには思えなかった。

（では……いったい？）

ヘンドリックに衝撃を与えた真の理由は見出せなかった。黙ったままのヘンドリックに掛ける言葉も思い浮かびはしなかった。

「帰って、サナイさんに伝えて下さい。いつでもお会いします……と」

やがて顔だけ満汐に向けて言うヘンドリックの声は冷たく、表情も平静に戻っていた。顔を見た満汐は、医師が受けた衝撃が、自分の忍びとしての正体を知ったことそのものにあると確信した。

「ありがたいです。……恐れ入りますが、それを」

満汐が手を伸ばすと、ヘンドリックは、静かに密書を差し出した。

「ご無礼なようですが、燃やさせて頂きます」

ヘンドリックは黙って、机上の真鍮《しんちゅう》の燭台《しょくだい》を指さした。

満汐は密書を蠟燭《ろうそく》の炎に近づけて火を移すと、煙草盆の上で丁寧に灰にした。かすかな煙が部屋の中に漂った。

「ヘンドリックさま。お床に……」

満汐は甘い声で誘ってみせた。

「すみません。今日は一人にさせて下さい……」

ヘンドリックの声は、悲しげだった。

「今日は、どうか、一人に……」

ヘンドリックは左手を頭に添えて再び机に伏した。

満汐がさらに言葉を掛けようとすると、ヘンドリックは、右手をかるく振って退室を請うた。

不思議な思いを抱きながら、満汐は部屋を出た。

ヘンドリックが体調がよくないからと、乙名詰所に頼んで長門屋に使いを送り、満汐は、男衆の迎えを半刻あまり待っていた。詰所で待つ間も、医師の態度の変化が理解できない頼りなさが、満汐を捕らえて放さなかった。

ヘンドリックが満汐を真の愛人として考えていたのであれば、正体が尾張の忍びであると知って衝撃を受けるのは当然である。そこには、信じていた愛が存在しないからだった。

だが、満汐は最初から遊妓として近づいたわけである。ヘンドリックへの愛の仕草も献身も、所詮《しょせん》は金銭で購《あがな》われているにすぎない。満汐を遊女だと百も承知しているヘンドリックが、なにゆえ、あのように態度を硬化させたのかは謎《なぞ》であった。

金のためと、忍びとしてのつとめのためと、献身の淵源《えんげん》にそう大きな差があるとも思えなかった。いずれにしても、それは偽りの愛には違いない。

石垣を洗う波の音を聞きながら、満汐はヘンドリックの心に浮かんだものが何かを考え続けていた。

6

「びぃどろ簪《かんざし》ぃ。御用はぁ、どちらぁ」

雨があがった。窓の下の通りを、ビードロ簪売りが通る声が聞こえた。

北国《よしわら》でも島原でも流行《はや》ってはいるが、桜花や牡丹《ぼたん》などの模様を浮き彫りにした透明なビードロの簪は、変わり小物として丸山町でも喜ぶ遊妓が少なくない。手燭の炎の反射で客を惹《ひ》きつけて売るため、この通り商いは夜に入ってからだった。

（やはり、今日は疲れたのじゃ……）

鏡に映った自分の顔にかすかなやつれの顕《あらわ》れを認めた満汐は、白粉《おしろい》を丁寧に塗って容貌《かお》を整えた。紅を濃い目に引くと、形のよい唇は行灯《あんどん》の光の加減で玉虫色に光った。

（左内どのにお逢《あ》いしたい）

満汐の心が通じたかのように、背後で杉の戸を繰る音がした。

「どこか浮かぬ顔ではないか……」

左内が、羽織の肩を濡《ぬ》らして立っていた。

「お帰りなさいまし」

満汐は三つ指をついた。

「ご命の通り、密書をお渡しして参りました……」

満汐は、今日の次第を、できるだけ感情を表さないようにつとめて冷静に復命した。

「医者どのと会うのが楽しみだ」

黙って聞いていた左内は、口元に笑みを浮かべた。

最後に満汐は、ヘンドリックの態度の変化について左内の意見を求めた。

「ヘンドリックどのは、たいそう驚いておいででした。なにゆえに、あのように動揺なされたのでしょう」

「さほどに驚いておったか」

「はい。顔の色は早瓜《さうり》のように蒼《あお》く、言葉少なで、なにか、とても苦しげでありました。満汐を遠ざけて、一人にさせてくれ、と……」

満汐は、一人になりたいと言ったヘンドリックの声が、あまりに悲しく淋《さび》しげであった様子を思い返した。

「つまるところ、俺たち尾張甲賀衆が怖ろしいのよ。長崎屋じゃあ、あの医者もずいぶん脅かしたからな」

「本当に怖ろしいからなのでしょうか……」

今回ばかりは、左内の判断も正鵠《せいこく》を射ているとは言い難い気がした。あのときのヘンドリックの表情は、決して怖れの心を示してはいなかった。満汐には、悲しげな声音は自分と深く契った日々への後悔をあらわしているように聞こえた。満汐は、そもそも答えを他人に求めるのは無理だと考えて言葉を呑《の》んだ。

「まぁ、あまり気にするな。ひとたび堕《お》ちると、男も女も弱いものよ。満汐の稀《まれ》なる艶麗の力を尽くさば、医者どのが元のように戻るのも、遠い日ではあるまい……」

左内は気楽な表情をつくったが、満汐の心は、解けぬ謎にとらわれていた。床あしらいに力を尽くせ、とする左内の冷徹な言葉も、満汐の胸を痛めはしなかった。ただ、ヘンドリックが自分を好んで呼ぶことは二度とないだろうと思った。

海からの風が強くなった。

強い南風が構えを震わすかすかな家鳴りの音が、部屋に響き続けた。

7

満汐の予期に反して、翌日の朝も早いうちから、出島乙名が使う小僧が、すみやかな来島を請うヘンドリックの意思を伝えに来た。

満汐が上外科医部屋の二階の白い内扉を開けると、立っていたヘンドリックは、両手を身体の前で大きく開いて歓迎の意をあらわした。

ヘンドリックは、満汐の身体を抱きしめもせず接吻を求めもしなかった。当然の顔で、満汐を寝台ではなく、部屋の中央に置かれた広い卓子へと誘った。

「ミチィオ。ほんとうの名前、もういちど教えて」

席に着くとヘンドリックは、子どものような無邪気な顔で訊《き》いてきた。

「雪野と申します」

「nieve...?（雪？）」

首を傾げたのは名前の意味を考えているからだと推察していると、言葉が続いた。

「雪……空から降る雪ですか?」

「そうです。雪の野辺を意味します」

「雪のようにきれいだからユキノですね」

上機嫌な笑みを浮かべたヘンドリックは、卓子の上から白木の小箱を手にとって満汐の目の前に差し出した。

「これは、ユキノに贈り物。わたしの母の故郷でとれた宝玉です」

「お母さまの……」

「さぁ。開けてみて」

わくわくと胸を躍らせた調子のヘンドリックの声が、高い天井に響いた。

小箱の中からは、横幅一寸二分（四センチ）くらいの楕円《だえん》形の宝玉が姿を現した。首飾りに仕立てられ、銀の長い鎖がつけられている宝玉は、どう削ったものか、多くの平面を持っていた。それぞれの平面は飴色よりは濃い透明な丁子《ちょうじ》色に輝いているが、光の加減で桃色や橙《だいだい》色、さらには金色や緑色の輝きも見せた。満汐は初めて見る多光石の輝きに、目を奪われた。

「あなたとわたしの出逢いの記念です。どうか、身につけて下さい」

笑顔に誘われて、満汐は首飾りを下げて胸を張って見せた。重量感のある宝玉が、胸の谷間のあたりで揺れて輝く。

「とても似合う。あなた、たいへん美しい。……その石の名はアンダルシア石といいます。母の生まれ故郷、アンダルシアのアルメリアで採れた宝玉……アンダルシアには雪は降りません」

どこかしんみりとした口調だった。

満汐はわけがわからなかった。溺れると言っていいほど自分に惹き込まれていたヘンドリックは、そこにはいなかった。だが、ヘンドリックが満汐を見る目は、あきらかに温かな愛情を映していた。

真意を求めて満汐は席を立ち、筋肉の秀でた背中から胸のあたりを、やわらかく後ろから抱きしめた。もはや懐かしいものとなり始めた体臭が、満汐の鼻腔《びこう》をくすぐった。

「ヘンドリックさま……。満汐をお抱き下さいませ」

頬《ほお》に指を軽く触れただけで、ヘンドリックは、静かに首を振って満汐をそっといなした。

それからの数刻は、禿の小波も呼び入れて、しごく和やかに過ぎていった。

ヘンドリックは、満汐と小波に赤い葡萄《ぶどう》の酒を奨《すす》めながら、ビードロの美しい駒《こま》を使って西洋将棋の手ほどきを為した。

四半刻（約三十分）足らずで駒の動かし方を呑み込んだ満汐は、三たび戦って三たびとも勝ち、ヘンドリックを大いに悔しがらせた。忍びにとっても遊女にとっても必要なたしなみとして、満汐は相当な将棋の腕を持っている。

将棋の駒を進めるのに飽きると、ヘンドリックは満汐に音曲を奏でることを請うた。得意の『水調子』を聞かせると、大きな拍手とともに歓声をあげて満汐の喉の素晴らしさを讃えた。

何曲かを聴いた後、三味線を奪い取ったヘンドリックは、おどけた表情で軽くつま弾きをしてみせ、満汐と小波を笑わせた。

雨がやんでから花卉園を散策した折に、花壇の一隅に咲く紅《あか》い薔薇《ばら》の花を一輪そっと手折って満汐に捧《ささ》げるようなやさしさをも見せた。

「これ、ヘロークテと言います。ミチィオも、好きになるかもしれない」

ヘンドリックは黄金色の葡萄の酒とともに、栗皮茶と朱色の魚の切り身を、白磁の皿に入れて運んで来た。

「鰻《うなぎ》ですね？　これ」

茶色い魚を口に入れたとたん、燻《いぶ》した香ばしさが拡がった。

「ヘロークテ・パリングです。赤いほうは、ヘロークテ・ザルム」

ほどよい塩加減のザルムは、鮭《さけ》の燻製《くんせい》だった。両方とも、生臭さは上手に抑えられてあり、舌触りがよく薫《かお》り高かった。

「とても美味しいです。ありがとう」

蘭館の食事は油臭くて満汐には慣れぬものが多かった。細やかな心遣いで、ヘンドリックが自分の舌に合う酒肴を探し出してくれたやさしさは、満汐の心に深く沁み通った。

ただ、ヘンドリックはにこやかな笑みを絶やさないながらも、その後も決して満汐を抱こうとはしなかった。

(おなごとしての満汐をお嫌いになったのか……)

昨日のような冷たい態度をとることは二度となく、ヘンドリックは蘭館滞在の最初から温かい愛情を見せ続けているように思えた。

とはいえ、豪華な宝玉を贈ったり、高価な揚げ代を払って満汐を呼び続ける理由は、まったく見当がつかなかった。

結局、双方に支障がなく、左内との会談は翌日と決まった。

「ミチィオ。明日も必ず来て下さい」

別れしなに、表門まで送ってきたヘンドリックは、片眼《かため》をつぶって親しげな表情を作って見せた。

（やはり、わからぬお人じゃ……）

男衆の照らす提灯の灯りで足もとを確かめながら出島橋を渡る満汐は、あるいは紅毛人は、自分とは心の成り立ちがちがうのではないか、とも思っていた。

雲の切れ間から月の光が差して、入江のさざ波にきらめく反射をつくるのが、満汐の目に、なぜか切ない思いを湧き上がらせた。

第六章　東方調方《とうほうしらべかた》

1

翌朝は早くから、左内、稲右衛門、満汐の三人が卓を囲み、夜に控えたヘンドリックとの会談へ向けた出島入りの段取りを打ち合わせた。

「出島橋を渡ると表門、突き当たりは乙名詰所にござります。ここで出島の中通りに出る。右の並びがカピタン部屋、続いてヘトル部屋……」

左内の目の前に広げられた出島の輪郭だけが描かれた図面に、満汐は細筆で島内の主要な建物を、次々と描き込んでいった。

「かように出島の主な建物は西側に集められております。東側は家畜小屋と花卉園などがあるだけで、夜には人の姿の絶える場所……。出島入りをするなら、東からがお誂《あつら》えでしょう。新地《しんち》蔵《ぐら》から船を出し、唐人屋敷の沖を通って出島の東岸に出るのが上策と思われまする。なお、島を囲む煉塀《ねりべい》には、鋳鉄《いてつ》でできた腰高の忍び返しがくまなく設けられております」

唐人屋敷は元禄二（一六八九）年に、貿易統制を目的として十善寺跡に設置された中国人居留地だった。海から近づく行為は禁令とされている周囲に、夜に入って船影を見ることはなかろう。

「東側の海から近づくとして、船を着けるに最も都合のよいのはどこだ」

左内の問いに、満汐は扇形の左上に丸印を書いた。

「東南の角でございましょう。夜には人影稀《まれ》な東側のなかでもっとも人目が届かず、角には黒松の木があって、一本の横枝が大きく海へ張り出しております」

「外へ張り出した枝とは、あまりに無防備なことだ」

左内はかすかに顔をしかめた自分に気づいて失笑した。

出島入りにとって好都合な松の枝を不快に思うのは奇妙な話だが、左内は侵入者に対してあまりに無防備な点の存在に、忍びとして不快の念を抱いた。だが、商館にすぎない出島が城砦《じょうさい》のような周到さで防備されていないのは、当然だった。

「では、出島入りは東南角からに致そう。登器は常の備えで足りるな。退路も同じく。船頭は、腕のいいのを一人、太兵衛から借りるとしよう。……ところで、稲右衛門。

おぬしには心に留めて貰《もら》いたいことがある」

「はい。組頭。なんなりと仰せ下され」

「今宵はかなり難解な話も為《な》さねばならぬ。たとえば、我が尾張と公儀の芳しからぬ間柄についても深く触れなければ話は進まぬ。話が込み入れば、おぬしの異国語の力に頼るほかはない。異人の医者どのにわかりにくい事柄が出て参ったら、できうる限りおぬしの言葉で補説を加えるようにせよ」

「はっ。組頭の話を、医者どのに十全に伝えるように心を砕きます」

稲右衛門は太い眉《まゆ》を動かし明朗な発声で答えた。通弁として腕を振るえる出番が近いために、気分が高揚しているのが読み取れた。

「反対に、医者どのの言葉はできるだけ要約せずに、そのまま俺に訳して伝えるがよい。おぬしという通弁を介さば、言葉はどうしてもぼやける。俺としては、少しでも医者どのの真意に迫らねばならぬゆえ、わずかな言葉の端々をもないがしろにはできぬ。よいな……」

「力を尽くしまする」

「俺たちの着くのは亥《い》の下刻（午後十時半頃）前後となろう。今宵は満汐には泊まり奉公の願いを太兵衛から乙名に申し入れさせてある」

満汐は、きりっとした表情を少しも崩さずに聞いていた。

「ヘンドリックどのは、すでに満汐の泊まりをご所望じゃ。ところで、医者部屋の扉を敲《たた》く合図を決めてはいかが？」

口元にいたずらっぽい笑みを浮かべながら、満汐は拳《こぶし》を作ってかるく卓をコツコツと敲いた。『水調子』の相の手だった。

「よし。それで参ろう。合図は医者どのにも伝えておけ」

左内は厳しい調子で満汐に命じた。

2

亥の下刻。さざ波に揺れる伝馬船の胴ノ間に座る忍び装束の左内は、唐人屋敷から潮風に乗って流れ来る弦歌の音を、聴くともなしに聴いていた。

右手に目をやると、暗い海の上には目指す出島の扇形の島影が小山のように海から佇立《ちょりつ》していた。深更とあって、出島はすっかり眠りに就いているようだった。

雨は上がったうえに月はなく、あたりは漆黒の闇《やみ》で、出島への潜入には好都合な夜だった。

左内が右手をさっと振ると、伝馬船は石垣に近づいていった。

忍び返しを避け、松の枝を手がかりとして、出島に潜入することには何の苦もなかった。

上外科医部屋は、出島のほぼ中央にある。途中で誰かに見つかっては潜入は水泡に帰す。

ヘンドリックとの会談を目的とした今宵の出島入りは、当然の事ながら人を殺傷できるものではない。潜入の跡形を残すことさえ禁物だった。

左内は、暗闇に目を凝らし、頭の中にたたき込んである出島の平面図と実景との異同を確認し、上外科医部屋を目指した。

十間（一八メートル）四方に起きている人の気配はないと感じられた。西の方角のさらに遠くから、かすかに女の嬌声《きょうせい》と男の哄笑《こうしょう》が聞こえてきた。

（カピタン部屋だな……）

今宵は満汐も泊まり奉公の名目でヘンドリックの部屋に待機させてある。だが、出島中の注意を引く騒ぎ方をしているはずはなかった。

騒いでいる者がいる状況は人々の注意を逸《そ》らす点では幸いだが、眠れずにいる人間が多数いると見なければならない。

（カピタンどのは、やはり大した男ではない……）

左内は、長崎屋でのフィッセルの頼りない態度を思い出して失笑した。誰もが遊妓《ゆうぎ》を引き込める立場ではなく、独り寝の淋《さび》しさに悶《もだ》えている男も少なくあるまい。深更の馬鹿騒ぎは、出島の異人全体を統括するカピタンとしてふさわしい行動とは思えなかった。

表門からの導入路を進むとすぐに、乙名詰所が向かいに見える角で目抜き通りに出た。

カピタン部屋の並びには灯《あか》りの点《とも》っている建物が散見され、何人かが起きている気配も感じられた。上外科医部屋は、手前側の角から五番蔵、二番船頭部屋と並んだ三軒目の建物である。

並ぶ建物を背に注意深く横這《よこば》いしながら、左内たちはようやく上外科医部屋の西の角を曲がって建物の二階へ続く外階段に辿《たど》り着いた。

白く塗られた木の階《きざはし》を登った左内は、示し合わせた『水調子』の拍子で軽くヘンドリックの部屋の外扉を叩《たた》いた。扉はすぐに内側から開き、長身のヘンドリックが白茶色の薄物姿であらわれた。

左内が表情を変えずに会釈すると、ヘンドリックは口元をひょいとあげ、微笑を浮かべてうなずいた。ヘンドリックは、右手をひらひらとかざして左内たちを部屋の中へと招じ入れた。

二階の居間と思《おぼ》しき部屋には煌々《こうこう》と灯りが点されていた。居間の中央の大きな卓子には、左内、稲右衛門がヘンドリックと面して座り、右側の側面には満汐が座った。禿の小波とヘンドリックが雑用に使っている小使の日本人少年は、満汐が強い眠り薬を盛って、二つ離れた小部屋に眠らせてあった。

左内たちが入室してすぐに、ヘンドリックは部屋の灯りを落とした。卓上には真《しん》鍮《ちゅう》の燭台《しょくだい》が置かれて三本の蠟燭《ろうそく》がほのかに燃え、部屋の中は、お互いの顔がようやく見えるほどの明るさに照らされていた。満汐が淹《い》れた西洋の茶が、四つ並んだV・O・Cという紋章を染め付けた白い茶碗《ちゃわん》を紅い色に染めていた。

左内が重々しくゆっくりとした口調で口火を切った。

「改めて御挨拶《あいさつ》申しあげる。拙者は、尾張中納言さまが家来、諏訪左内と申す。以後、お見知り置かれて格別の御別懇を願いたいと存ずる」

稲右衛門が素早くエスパニアの言葉に直してゆく。今宵の会談は両者の希望が合致したために、エスパニア語で行われることとなった。

「Buenas noches. Gracias por la visita a Dejima...」

ヘンドリックは明朗な表情ではっきりとした口調で話し始めた。稲右衛門は一つ一つの言葉を丁寧に追って、日本語に直してゆく。

「――出島へようこそお越し下さいました。蘭館上外科医のヘンドリック・ファン・デル・ハステルです、と申しております」

今朝の命に忠実に、稲右衛門は可能な限り意訳を避けて逐語訳を心がけているようだ。通弁を介した会話だからこそ、相手の言葉の陰影は、できる限り直接に汲《く》み取りたかった。

続いて発せられたヘンドリックの言葉を聞いたとたん、稲右衛門の表情に驚愕《きょうがく》の色が顕《あらわ》れた。

「なんと申しておるのだ」

左内は通弁を急《せ》いた。

「こ、こう申しております。――私は本当の名前はラファエル・マルケスと申します。実を申さば、私は阿蘭陀《オランダ》人ではない……と」

「貴公は阿蘭陀人ではないのか。では、いったいどこの国から参ったのだ」

左内も驚きの声をあげてヘンドリックの顔を見たが、医師の表情は少しも変わらず、言葉を継ぐ口調も至って静かだった。

「――父はたしかに阿蘭陀人で、ハステルは父方の姓です。しかし、私の母はエスパニア人です……」

満汐が小さく吐息を漏らした。続いてヘンドリックが毅然《きぜん》とした声で言った短い言葉は、稲右衛門をさらに驚かせたようだった。稲右衛門は舌を嚙《か》みながら、この言葉を訳した。

「――私はエスパニア国王フェリペ五世の家臣です」

「なんと！」

となれば、尾張家としては阿蘭陀ではなく、エスパニアを相手に交渉を続けることになる。稲右衛門によればエスパニア王国は世界一の強国であるとの話だ。交渉の相手としては、かえって阿蘭陀よりふさわしいかも知れぬ。左内には瓢簞《ひょうたん》から駒《こま》の話に思えた。

（覚書の思わぬ使い途《みち》が出て参ったな……）

『筑後守覚書』の写しが、左内の懐にあった。阿蘭陀国に対して、呂宋《ルソン》の戦備えの諜《ちょう》報《ほう》は、手土産になるかと思って織部に請うて持参した。だが、相手がエスパニアとなれば、別の使い途がある。

公儀が、南蛮人のエスパニア人を、我が国から追い出した歴史は左内も十分に知っていた。南蛮人は、切支丹《キリシタン》を増殖させる方策によって領土を侵す危険な存在と敵視されていたのだ。

だが、存亡の危機に立つ尾張家にとっては、自分たちの後ろ盾となる強国ならば、南蛮人であれ、紅毛人であれ同じ話だった。切支丹の問題については、事が成ってから考えれば足りる。

南蛮人（西葡）は旧教徒、紅毛人（英蘭）は新教徒を意味する言葉である。徳川幕府はプロテスタントに扇動されて、植民地化への野心を抱くカトリックを日本から駆逐したとも言える。

「――私は、東方調方《とうほうしらべかた》とでも申すべきエスパニア王国御船手（海軍）の職にあり、東方の他国領調査のために阿蘭陀王領のバタヴィアに潜入しておりました。彼の地で暮らすうち、機会を得て父方の姓を用いて阿蘭陀東印度《インド》会社の雇い医師となり、ここ、出島商館に来たのです」

ヘンドリックは胸を反らして誇らしげに話し始めた。次々に発せられるなめらかなエスパニアの言葉を、稲右衛門が逐語訳してゆく。

稲右衛門の訳が終わるや、ヘンドリックは早口に言葉を続けた。

「――私は医師ですが、ただの医師ではなく、長年、エスパニアの軍船に乗り込んできました……」

稲右衛門は、訳を終えると自分の言葉で説明を継ぎ足した。

「組頭、エスパニアばかりでなく、欧羅巴《エウロパ》の諸国では武家である官医が軍船に乗ります。官医は常に剣を帯びて、武人と同じ装束をまとう折も多く、なかには剣の腕にすぐれた者もおります」

「ふむ……」

左内は軍医の制度を知らなかった。剣を振るう医者とは、長袖《ちょうしゅう》流の公儀や諸家の医師には考えられぬ話と驚いた。江戸の中頃までの医者は、上方では総髪であったが、江戸では頭を丸めていて、時に坊主と呼ばれることもあった。

「Soy Samurai !!」

ヘンドリックは立ちあがると、左内の顔を見つめて剽《ひょう》げた表情をつくった。

「こう言っております。——私はサムライだ、と」

「さむらい……。武臣だと申すか」

左内は問い直しながら、満汐を横目で見た。満汐がハッとした顔でヘンドリックの顔を見つめなおしたのが、左内の意識をかすめたのだった。

「——そうです。私はカピタンのように商人ではなく、ただの医師でもなく、サムライです」

再び椅子に腰掛けたヘンドリックは、親しげな笑みを浮かべた。

「ほう。それでは国は違えども、侍同士。腹を割り、膝《ひざ》を交えて話を致せるな」

稲右衛門の逐語訳を聞いたヘンドリックは満足げに笑ってうなずいた。左内は、いよいよ本題に入った。

「まずは聞かれよ。ヘンドリックどの。大飢饉《ききん》以降すでに万民は飢えている。次々と発布される行き過ぎた倹約令に商人は逼塞《ひっそく》し、将軍家を呪《のろ》う声は野《や》に満ちている。我が殿、尾張中納言様こそが御政道をお執り遊ばされるべしと願う声も少なくない。数年前から尾張家謀叛《むほん》の風評が世に喧《かまびす》しい……。我が殿にあっては謀叛の御意志などはさらにお持ちではなかった。公儀がもの狂いと指弾する数々のお振る舞いも、これすべて将軍家の襟を正さんがための、身をお捨てあっての御諫止《かんし》だったのでござる」

左内が言葉を切ると、静寂が部屋を包んだ。いつの間にかカピタン部屋の馬鹿騒ぎは果てたようだった。

左内は声を落として話を続けた。

「……されど、将軍家は我が殿を妬《ねた》んで恨みに恨み、すでに数度に及んで密《ひそ》かに毒飼いの企み。かなわぬと見るや、老臣どもの懐柔による重臣の切り崩しを重ねて参った。これがため、尾張家中は二派に分裂するありさまとなった」

稲右衛門はかなりの時間をかけて、左内の言葉を丁寧に翻訳した。ヘンドリックは稲右衛門の顔を真剣な表情で見ながら、時に短い質問を発しては、回答にうなずいていた。

宗春の狂気の沙汰《さた》とされた振る舞いは数多い。たとえば――

享保十七(一七三二)年五月五日に、宗春は嫡男万五郎の端午の節句を祝った。この日、市谷の上屋敷内には、目にも鮮やかな五月幟《のぼり》が、色もとりどりに表に百六十本、裏に四十本もの数で堂々と並べ立てられた。

公儀は倹約令の一環として端午の節句については五月人形そのものを禁じ、飾り物に金銀を使うことも禁令としていたが、幟については一言も触れていなかった。

宗春は、公儀の怒りに油を注ぐかのように、五月幟に加えて二十流の吹き流しと百本を超える家臣の旗印で飾り立てた上屋敷に町人たちを招じ入れ、出来たての角餅《かくもち》を配った。ほしいままに御三家筆頭の屋敷内を遊覧できた膨大な数の町人たちで市谷は収拾のつかない賑《にぎ》わいを見せ、世上に宗春の人気は沸騰した。

禁令の盲点を衝《つ》かれた将軍吉宗も幕閣も、この晴天の日は終日、千代田城内で怒りに震える時をすごしたと聞く。

前代未聞の端午の振る舞いにしても、宗春の真意は、倹約令に乾ききった江戸の民の心が、上に立つ者の心がけ如何《いかん》で、どんなに潤うかを吉宗に知らしめるためにあった。

享保末頃、江戸の街に「似たり寄ったり」という類の落書が流行《はや》ったが、何者かの手によって千代田城の堀割付近に貼り出された一枚の落書は、吉宗を憤激の極に追いやった。落書に曰《いわ》く、

——尾州、公方に似たり。水戸、武士に似たり。公方、乞食《こじき》に似たり
宗春は将軍にふさわしい。水戸中納言（五代宗翰《むねもと》）は武士らしい。さらに落書は大胆にも、吉宗を乞食あつかいにしたのだった。

二人の言葉がとぎれるのを待って、左内は厳かな調子で告げた。

「もはや我らの忍耐も限度でござる。我が殿は、この国のため、ついに起《た》たれる御覚悟を召された」

自分の発言に同調するヘンドリックの顔を見て、左内は単刀直入に尾張家としてのエスパニア国への要請を提示することにした。

「もし、尾張起つ時、エスパニア国には、わが国に二隻ないしは三隻の軍船を派して頂けようか……」

稲右衛門のエスパニア語が宙に消えると、しばしの沈黙が部屋を覆った。やがて、

ヘンドリックは静かに口を開いた。

「――不可能な話ではないと思います。大きな軍船は無理ですが、中くらいの軍船であれば、呂宋からよこせましょう」

「ま、まことにさようか」

回答はあまりにあっけなく発せられた。左内は訝《いぶか》しんで真意を問い直した。

「――我がエスパニア王国を、世界一の強国と知ってのご依頼でしょう？　尾張家が我らの戦力を評価していらっしゃることは、武人として喜びの至りです」

ヘンドリックは静かな笑みを湛《たた》えた。だが、言葉を文字通りに受け取ってよいものかどうか。現にこの席に着いたときには、左内は阿蘭陀を相手のつもりで交渉を始めたのだ。

「そこもとは、我が尾張を、信ずるに足る勢力と考えておいでなのか？」

左内は問いを発しながら、ヘンドリックの鳶色の目を見据えた。

「――私は、江戸より帰ってから、尾張徳川家と尾張卿について調べさせて頂いたのです。尾張卿が英明な、その才気世に並びなき名君であること。農事を政の根本とする将軍家とは異なり、商を重く見られて商業の隆盛を願い、尾張卿の施策で名古屋城下が未曾有《みぞう》の興隆を遂げた事実。将軍家との対立激しく、世上、尾張卿が将軍家を滅ぼす噂《うわさ》が絶えぬことがわかりました。また、尾張家がその噂をかなえる二万を超える兵を動かせる力を持つと知りました……」

鋭い眼光を光らせ、一気に述べ立てると、ヘンドリックは表情を和らげた。誰も手をつけていなかった卓上の茶を訪客たちに勧め、如才ない笑みを浮かべて、自分も白磁の茶器を手にして口元へ運んだ。

「――通詞たちから聞いた話を集めたに過ぎませぬが、いままで得た資料からすれば、尾張卿は現将軍家よりも貴国を統べる皇帝としてふさわしい方と考えます。マニラを根拠地とする我々にとって、日本は魅力ある貿易相手です。百十年余り前から始まった国交の断絶は、両国にとって実に不幸な歴史だったと言わざるを得ません。もし、あなた方が国交の回復を目指すのであれば、尾張家はエスパニア王国が助力を惜しむべき相手ではないと、私なりに断じております」

淡々と話すヘンドリックの言葉が稲右衛門に逐語訳されてゆくのを聞きながら、左内は恐るべき相手であるとの思いを新たにした。出島に幽囚されながら、これだけの情報を集め、的確な判断を下しているヘンドリックは、実に優れた東方調方と舌を巻くほかはなかった。

「中型の軍船に大筒は何門ほど備えおろうや」

訊ねながらも、ヘンドリックほどの男が役に立たない軍船をよこすはずはないと感じていた。

「──片舷《げん》十門、一隻につき二十門といったところでしょう」

「そのくらいの船ならば、十分に大きかろう」

「ほぼ、四十六バラ（三十九メートル）……。つまり二十間ほどの長さがあります」

「それは、なんとも大きい」

左内は感嘆した。

「──ところで、尾張卿は、わが国の軍船をどのようにお使いになるおつもりでしょうか？　呂宋総督が日本に動かせる軍船は、せいぜい三隻です。こんな数では、公儀の軍隊を滅ぼすなどは、夢の中の話としても無理でしょう」

当然の疑問だった。この疑問が出るとは左内も予想していた。左内は用意して来た答えを口に出した。

「エスパニア軍船に、公儀の軍勢を滅ぼすを頼む心算は毛頭ござらぬ」

「──では、なぜ、軍船を派遣せよと？」

ヘンドリックはさらに訝しげな表情を浮かべた。

「大名、旗本らを震撼《しんかん》させ、動揺を与えるためでござる」

「――動揺とは、どういう意味ですか？」

「さよう。我が尾張徳川家にエスパニアの軍勢が味方していると知れば、大名どもは大きくうろたえる。三百家のうち、四割を超える大名は秘かに将軍家が替わることを願っている。これら大名は、我らの背後に貴国エスパニアがあると知れば、将軍家を見限り、尾張に味方することは、火を見るより明らか……」

「――なるほど……よくわかりました」

ヘンドリックは得心がいったらしい。大きく首肯する医師を見た左内は、さらに詳細な軍略を伝えることにした。これもまた、稲右衛門と翻訳の打ち合わせ済みだった。

「貴国の軍船が小山のように大きく、ひとたび大筒を撃てば、まさしく雷鳴のように轟《とどろ》くことは、ここにいる稲右衛門から聞いている。ぜひとも、品川沖に船を進め、大筒の力で千代田城と江戸の街を恐慌に陥れて頂きたい。将軍警固の軍勢の大半を貴国の軍船の力で品川に集め、名古屋から東下した我らの軍勢が叩く。手薄になった千代田城に、混乱に乗じて江戸屋敷にいる尾張の軍勢が乗り込む。登城中の大名、旗本らには、エスパニア国と我らとの同盟を伝えて動揺を与える。貴国の軍船に脅える彼らの何割が尾張勢に刃向かえようか……」

左内は言葉を切って、卓上の茶で口を湿《しめ》した。

すでに六年前に宗春は二万の軍勢を集めようとしたことがあった。

享保十七（一七三二）年、江戸から帰国した宗春は郡奉行に対して、「名古屋城内にある武具を整備し、少なくとも一万の兵を養うに足るものとせよ」と命じた。

さらに宗春は水野山（瀬戸市）を中心に大巻狩りを挙行すると言いだし、尾張東北部一帯から木曾谷に及ぶ地域で勢子を動かそうとした。少なく見積もっても二万の人数を必要とする広大な範囲だった。さらに、宗春の腹案は熊や猪対策と称して二十匁筒《もんめづつ》から三十匁筒を持たせた鉄砲隊をも備える危うさだった。

巻狩りは軍事演習以外の何ものでもない。水野山巻狩りが挙行されていれば、それだけで叛意《はんい》ありとされ、尾張徳川家が処分を受けることは間違いなかった。宗春はすでにけんか腰だったのだった。六年前の時点で、宗春ははっきりと公儀転覆の考えを持っていたと思われる。だが、この無謀な考えは重臣たちの猛反対で潰《つい》えた。

「首尾よく将軍家を倒した後は、天下に対し尾張徳川家が御政道を預かると公布し、直《ただ》ちに江戸の人心を安らかにすることに努める。その折には、貴国の軍船の戦人《いくさびと》らは丁重に千代田城中に迎える所存でござる」

さらに、左内は死に至らぬ微弱な毒を以《もっ》て、事前に旗本たちの健康を損ねておく方策を持っていたが、そのことには触れなかった。

「Estoy muy ilusionado！（わくわくします！）」

ヘンドリックは手を打って叫んだ。稲右衛門の訳語を聞くまでもなく、躍動する表情は、左内の語った軍略に対する軍人としての賞賛の意を表していた。

「――ひき換えに尾張は我が国に何を約して頂けましょうか」

ややあって、左内の顔を覗き込むようにしてヘンドリックは訊いた。軍略に対する賞賛とエスパニア王国として申し出を受けるかどうかは別だ、という意思を示すと左内は解釈した。

「まずは、我が国から阿蘭陀人を追い出し、エスパニア国にすべての通商を任せよう。また、江戸で申せしごとく、出島以外に大坂と江戸にも通商の拠点を設ける」

ヘンドリックは訳語を聞いて、その都度、軽くうなずいているが、真意は穏やかな表情の陰に隠れたままだった。

「さらに……。大計が成った暁には、エスパニア国との間に労をお執り頂く貴公には、黄金一万両を献納したいと存ずる」

尾張家からの申し出が訳されると、ヘンドリックはやや茫然《ぼうぜん》とした体で言った。

「イチマンリョウ……。No me lo puedo creer...（信じられない……）」

ヘンドリックは感心するばかりで、同意の言葉は発せられなかった。

3

「貴公に、これを差し上げたい」

左内は『筑後守覚書』を卓上に置いた。

覚書を手に取ると、ヘンドリックは真剣な目付きで中身を検《あらた》め始め、最後まで目を通した。

「――この内容は知っています。これは、百年ほど前に貴国の高官が、第十一代目の出島カピタンであるヤン・ファン・エルセラックに伝えたもの……マニラの地勢や砲台などの詳細ですね。しかし、なぜ、あなた方が？」

左内は、いよいよヘンドリックの心に追い打ちをかけた。

「その覚書は、ある屋敷に長年隠され続けており申した。昨年、将軍家が手に入れようとしていたところを、横から我らが奪ったものでござる。近年、公儀は様々な手段を用いて武備を整えている。将軍家の呂宋を攻めんとするたくらみは、明々白々でござる」

「――たしかに、この資料は、ルソン攻略には有効です。我が国にとって危険きわまりない話です」

　ヘンドリックは鼻から大きく息を吐いた。

「手をこまねいていれば、いずれ、エスパニア国は徳川の軍勢と戦わねばならぬのだ。その前に……」

　ヘンドリックの目が光った。

「――将軍家を倒せと言われるのですね」

「さよう。先手必勝とはこのこと。我が尾張の大計に、貴国が同心されれば、呂宋をも守れよう。エスパニアの国益のためにも、我らは盟約を結ぶべきではござらぬか」

　ヘンドリックは心の底を見透かすような瞳で左内を見た。

「――エスパニアにとって、由々しき問題と言わざるを得ません。我々は重要な判断を迫られています」

　ヘンドリックは顎《あご》に手を当てて考え込んだ。

　西陣の錦で作った刀剣袋から、左内は一振りの短刀を取り出した。

「ヘンドリックどのへ、これなる刀が我が殿より下賜され給《たも》うた」

　左内は、刀を両手で捧げ持ってヘンドリックの目の前に差し出した。

　拵《こしら》えは鐔《つば》や柄巻きを持たない合口拵《あいくちごしら》えで、黒蠟色《ろいろ》塗の鞘《さや》は地味ながら品位ある輝きを見せ、柄の金梨地《きんなしじ》の頭は飛龍で飾られ光り輝いていた。

「銘は津田越前守助廣《すけひろ》。天下の名刀にござる」

ヘンドリックは短刀を両手で恭しく受けとって頭を下げた。

「刀身をご覧あれ」

左内の誘いに、ヘンドリックは不慣れな手つきで短刀を抜いて刀身を立てた。

あたりは薄暗いが、左内の目から見ても一瞥《いちべつ》して名刀と見える刀身であった。

鍛えと呼ばれる刃の地肌は青く涼しげに光って板目肌と呼ばれる大模様が浮かび、刃文は、大きな波を描いていた。江戸初期の代表的刀工の手になる濤瀾刃《とうらんば》は、大波のうねりをかたどった乱れの多い華やかなものだった。

「——これは美しい。素晴らしい工芸品です。尾張卿と貴方に感謝します」

ヘンドリックは喜びの声をあげた。

「いや、違う」

稲右衛門の訳を聞いた左内は思わず叫んだ。

「刀は、侍の魂だ。ここな刀は、殿よりそなたへの信の証《あか》しぞ」

左内は卓子に短刀を横たえたヘンドリックの鳶色の瞳を見つめながら、力を込めてうそぶいた。

「カタナは、サムライのタマシイ……」

左内の言葉はヘンドリックに感動を与えた。ヘンドリックは、稲右衛門の訳を待たずに日本語でつぶやくと、短刀の刀身にじっと目をこらし、見つめ続けた。

「――騎士《カバジエロ》の肩に皇帝が剣を触れる叙位の儀式にも相当するこの栄誉。尾張卿はわたしをサムライとして遇してくれた……」

ヘンドリックは感動を声音にあらわして一礼すると、刀身を鞘に収めて卓子の上に置いた。

「――信には信を以て応《こた》えたい。尾張卿のお申し出、確かにお受け致しましょう」

ヘンドリックは、左内の目をしっかりと見据えて承諾の意を告げた。

ここに尾張徳川家とエスパニア王国の密約は成った。

風が出てきたのか、部屋の窓枠が揺れて音を立て始めた。

ヘンドリックは、感情を抑えた口調に変わって続けた。

「――バルデス総督は、私を完全に信頼しております。この覚書を見せれば、我が要請に応えて、間違いなく軍船を派遣しましょう」

「まことでござるな」

左内の喜びの声に、ヘンドリックは力強く顎《あご》を引いた。

「――ただ、私が派船の要請のためにルソンへ戻るには、次の蘭船の出航を待たねばなりません。これが、長月の二十日と定まっております。また、バルデス総督の確約と軍船派遣のおおむねの期日が伝わるのは、来年の蘭船の入港までは無理です。これは、来年の水無月か文月でしょう。エスパニア海軍は日本からルソンに対しては、蘭船の力を借りる以外に連絡の手立てを持たないのです。軍船を名古屋湾へ回航させ得るのは、一年も先になってしまいますが、よろしいでしょうか」

時期に関する問題は左内もわかっていた。これからの一年余、決起の日に向けて為さねばならぬ下準備は、山ほどもある。むしろ、十分な備えが整うには一年はかかろう。

「承知しており申す。貴国の軍船が来航する日限に合わせて、我らの決起の日を定める所存にござる」

「――それを聞いて、安心しました」

ヘンドリックは微笑み、椅子から身を起こすと、右手を差し出した。

左内は立ち上がり、差し出されたヘンドリックの手を握りかえした。肉の厚い大きな手だった。

会談がかくも順調に進んだ陰にある満汐の功績や、実に大なりと言わなければならない。満汐の日々の献身的なつとめがヘンドリックの心に尾張家への好意を培い、聡明な東方調方の判断に、意図するとしないの二つの面から影響を及ぼしていないはずはなかった。

左内は称賛の目で満汐を見たが、伏し目がちの澄んだ瞳には変化が現れなかった。しばし後、今宵のつとめを十全に果たし得た充足感に包まれて、左内は上外科医部屋の外階段を下り、漆黒の闇へと己が身を溶かし消え去った。夜明けにはまだ間がある時刻であった。

左内たちが去ってしばらく後、ヘンドリックは窓辺に立って、カピタン部屋の灯りが消えて蒼く沈んだ目抜き通りを眺めていた。

満汐が背中からそっと寄り添うと、ヘンドリックはふり返って言葉をかけてきた。

「ミチィオに聞いて貰いたい話があります」

燭台のほのかな灯りが照らすヘンドリックの瞳は澄んでいた。

「どんなお話でございましょうか」

「わたしがサムライを好きな理由です」

会談の席の言動でも、ヘンドリックは自らが武人であることを示した。また、武士に好感を持っているとわかった。だが、あの折の緊張感を生んだ原因は満汐にはわからず、自分への隔たりのある態度の意味も、依然として謎だった。

「わたしは母の顔を微《かす》かにしか覚えていません……父の顔も知らないのです。それゆえ、わたしは医者になり、エスパニアの海のサムライになったのです……」

ヘンドリックは遠いところを見るような目つきを見せた。

満汐は、ヘンドリックが、遠い異国でどのように生きてきたのかを聞きたかった。ヘンドリックの真の姿を知りたいと、切に願った。

第七章　サン・フェリペ号

一七三一年の秋の一日、ラファエル・マルケス軍医正はエスパーニャ海軍の戦列艦サン・フェリペ号の舵輪《だりん》近くの後甲板に立って、穏やかな大西洋を眺めていた。

午後の陽《ひ》ざしが波頭にきらめき、潮風が頬《ほお》に心地よい。左舷《さげん》側では三角帽を目深に被《かぶ》った当直士官が六分儀を使って太陽の位置を計測していた。

ラファエルの背後の船尾楼の上では、麦わら帽を頭に載せた掌帆長配下の三人の水兵が、小型艇《ボテ》を支柱から吊《つ》っている滑車装置の吊索《つりさく》の手入れに余念がない。

サン・フェリペ号は、ヌエバ・エスパーニャ副王領（メキシコ）最大の港湾都市であるる大西洋岸のベラクルスからキューバ島のハバナまで六隻の商船を護衛して、今朝、ベラクルスへの戻り航海に出たばかりだった。

「マルケス先生。提督閣下がお呼びです」

提督付の従卒が、艦尾楼から小走りにやってきて敬礼した。

「やあ。ラファエル。忙しいところを呼び出してすまん。まぁ、座りたまえ」

広い提督室のビロード張りの椅子《いす》に腰掛けたドン・ビトールは、肥満した身体《からだ》を赤い正装に包みながら、にこやかに椅子を勧めた。

ドン・ビトールの額には玉の汗が噴き出している。彼の体格ではこの暑さの中、レース《エンカヘ》に太い首を包み、禿頭《とくとう》を銀色の鬘《かつら》で覆い続けなければならない貴族の儀礼は拷問だろう。

市松模様を描いて大理石製のように見せかけた木床に固定された長椅子に、ラファエルは腰を下ろした。

「喜びたまえ。君の心待ちにしていた命令が、ついに出た」

ドン・ビトールは、得意満面といった表情で言葉を継いだ。

「君の希望はかなえられるんだよ。ラファエル」

「ほんとうですか！　閣下」

ラファエルは我が耳を疑った。彼の情報将校への異動希望は、すでに三年も前から上層部に無視されてきていたのだ。

ドン・ビトールは、机の引き出しから赤い蠟《ろう》で封緘《ふうかん》した跡のある一通の封筒を取り出して、ひらひらと宙に泳がせた。

「これは本国からハバナ総督あてに届いていた海軍大臣からの封緘命令だ。本艦がハバナを出港の後、予の判断で開封されたしと付記されている。吉報は早く知らせたほうがいいと思ってな……」

「ありがとうございます。閣下のご尽力に感謝いたします」

ラファエルは儀礼からではなく、深々と頭を下げた。

（やっと軍人になれる。軍医ではなく、海軍士官に……。騎士《カバジエロ》として生きて行ける）

ラファエルは興奮で自分の頬が熱くなってくるのを覚えた。

（母さん、喜んでください……ラファエルは紛れもない国王陛下の騎士になるのです）

ラファエルは、肌身離さず首から提げているアンダルシア石の首飾り《コジャル》をシャツの上から押さえた。ラファエルにとって、かすかにしか覚えていない母の面影を伝えるただ一つの形見だった。

父親が新教徒《プロテスタンテ》のネーデルラント人であるだけに、厳格な旧教徒《カトリコ》の国で生きてゆくためには、緊張を強いられる日も少なくはなかった。エスパーニャ王国に異端審問の嵐《あらし》が吹き荒れたのは、そう古い話ではない。

ラファエルが医師を目指したのも、いつもつきまとう出自への不安により、専門技術を身につけることに安堵《あんど》感を求めたからであった。庶民に排他的な海軍士官の世界であっても、正規の医師の技術を持った人間ならば、軍医として任官するのは難しくはなかった。

ネーデルラント人であるラファエルの父親、ヤンスゾーン・ピエテル・ハステルは腕こきの航海士で、三十歳を過ぎてからは雇われてポルトガルの商船に乗り組んでいた。

地中海に面したアルメリア出身の母親メルチェは、父親つまりラファエルの祖父、エンリケ・マヌエル・マルケスとともに、アフリカ大陸北西岸沖の大西洋上に浮かぶカナリア諸島の緑豊かなラパルマ島に暮らしていた。大勢の現地人を使って海老や貝を捕る仕事をしていたのだった。

ある年の秋、ヤンスゾーンを乗せたポルトガル商船は、嵐に傷めつけられた船体の修理のためにラパルマ島中部の港に寄港した。

メルチェは、収穫祭の夜にヤンスゾーンと知り合い、二ヶ月の滞在期間の間に愛しあう仲となった。だが、修理が終わってポルトガル船がサンタ・クルス港を去る時、ヤンスゾーンは、メルチェと胎内にあるラファエルを捨てた。

身二つになった傷心のメルチェは、乳飲み子のラファエルを連れてマドリードからやってきた十五歳年上の商人のもとへ嫁した。ラファエルが物心ついた頃には祖父も連れて、エスパーニャ本国へ戻ってきてカディスに移り住んだ。

その後すぐ、メルチェはラファエルが四歳の時に病没し、養父は、マドリードに行くと言ったまま行方知れずとなった。

ラファエルの記憶には母親の存在が、ぼんやりとした優しさ、温かさとしてしか残っていない。

ラファエルはカディスで貿易商を始めた祖父エンリケの慈愛のもとで淋《さび》しく育ったのだった。

人に問われてもラファエルは、自分の血統をひた隠しにしていた。母メルチェはアルメリアの商人の娘。父ガブリエルはマドリードの商人。これがラファエルの自称する出自であった。

自分たちを捨てた本当の父ヤンスゾーンを憎みながらも、ラファエルは自分の血の中にあるネーデルラント人としての気質を感じることもあった。

たとえば、エスパーニャ人にない勤勉さや理屈っぽさであり、神経質さであった。

快晴の日が続くアンダルシアとは対照的に、冬場はほとんど太陽が姿を現さぬ土地に生きる民族が持つ気質に違いなかった。

「正直な気持ちを言えば、予は君にこの艦を降りて貰《もら》いたくはない。君のような学があって確かな技術を持ち、その上、いつでも素面《しらふ》の軍医など、鉦《かね》や太鼓で探してもなかなか見つからんからな」

ドン・ビトールは腹をゆすって笑った。軍艦の乗り組み軍医は、まっとうな医者がもっとも嫌う仕事であった。

「光栄です。しかし、わたしにしかできない形で、王国と海軍に貢献したかったのです。任を受けて、まさにフランドルで槍《やり》を持つ心づもりでおります」

ラファエルは湧《わ》き上がる歓《よろこ》びを素直に言葉にあらわした。「フランドルで槍を持つ」とは困難な仕事をやり遂げることを意味するスペインの慣用表現だった。

「結構だ。……しかし、エスパーニャ海軍が始まって以来のことだろう。船から逃げ出すことを考えずに、士官としての道を歩もうと考えた軍医というのは……。君は英蘭の言葉に通じている。東アジアの情報把握にこれほどの適任者はない」

ドン・ビトールは満足そうに言って、バソに残ったビーノを飲み干した。

「極東方面調査官は、中型艦艦長《カピタン・デ・フラガータ》（中佐に相当する）待遇だ。太平洋の各艦隊が船の鼻先をどこへ向けるべきかは、君がもたらす情報に頼ることも少なくない。さらに、機会があれば旧ネーデルラント領のタイワンや、チナ（清国）、ハポンの情報も収集してほしい。……それでは、命令書を渡すことにしよう」

その時、大きな衝撃が二人を襲い、打撃音に続いて大きなものが砕け散る音が響いた。

机の上からバソが横飛びにすっ飛んで、床に透明なガラス《クリスタル》の破片が派手に飛び散った。

後甲板から水兵たちの怒声が聞こえてくる。

「いったい、なんの騒ぎだ！」

「砲撃……でしょう」

にわかには信じ難かったが、腹に響く打撃音と、続いて聞こえてきた破砕音は、確かに突然の砲撃としか思えなかった。

「失礼いたします。提督閣下」

返答を待たずに副長のハビエル・ファアン・レージェス大尉が足早に入ってきて脚を揃《そろ》えて敬礼した。ラファエルとは歳《とし》も近く、気のあう海軍士官だった。

「ハビエル。この騒ぎは、いったい何事だっ」

「うかつでした。たかだかバランドラ（スループ船）と侮って追跡を許していたところ、突然、長距離砲で舵輪を狙《ねら》い撃ちにされ、操舵が困難となりました。現在、船匠長を中心に懸命の復旧作業を続けています」

精悍《せいかん》な顔つきのレージェス大尉は肩を落とした。直接の操船指揮をとっていたのは当直士官のはずであるが、大尉は、自らの責任と感じているようだった。

砲撃と聞いて、椅子に腰かけ直したドン・ビトールの顔も引き締まった。

「敵は、イングランド海軍か？」

「いえ、海賊と思われます」

「海賊……。ほんとうに海賊なんだな？」

「間違いありません。敵船は砲撃開始と同時に『キャラコ・ジャックのお気に入り！』という横長のふざけた旗を翻しました」

「なんと！　ラカムの残党か！」

ドン・ビトールは目を丸くした。カリブではすでに海賊は掃討され尽くしているはずだった。ニュープロビデンスの大海賊ジャック・ラカムは一七二〇年に捕えられて刑死していた。

「ところで、ラファエル。すぐに来てくれないか。五人がやられた。三人は死んだが、残りの二人は、もしかすると助かるかもしれない……」

レージェス大尉の顔に浮かんだ表情は、残り二人の負傷者もまずは助からないと物語っていた。

「人的被害も出たんだな……」

ドン・ビトールは憂鬱《ゆううつ》そのものの顔になった。

「はい。砲弾の直撃した当直士官と操舵手、操舵助手とが戦死し、近くにいた海兵隊副隊長のガルシア中尉と水兵一人が大けがをしました」

「三人、死んだか……」

「申し訳ありませんが、提督閣下。直ちに現場に急行いたします」

そそくさと敬礼をしたラファエルは、大柄なレージェス大尉のあとについて提督室の出口の扉に向かって歩みを早めた。

「頼むぞ。ラファエル。わたしも後から行く」

背中からドン・ビトールの声が響いた。


ラファエルが、提督居室から後甲板に出ると、西の空は茜《あかね》色に染まり始めていた。

敵の長距離弾は少なくとも一発が正確に舵輪に命中したと思われた。破壊された木片の下には血の色を失った操舵手の頭部や腕が挟まっていた。舵輪のそばに立っていたはずの当直士官と操舵助手の姿はどこにも見えなかった。

「あとの二人は、直撃弾を受けて海へ吹っ飛ばされた。しぜん、遺体は水葬となったわけだ」

レージェス大尉は、親指を後ろに立てて背面の左舷を指さした。

船尾楼の壁にはところどころに肉片がこびりつき、鮮血の飛び散った跡が見られ、周囲には強烈な血の匂《にお》いが漂っている。

背中から軍医助手が叫んだ。

「マルケス先生。被弾したガルシア中尉と、ホセはこちらに寝かせてありますっ」

左舷側の少し離れたところに、二人が帆布を敷いた上に寝かされている。中尉たちはこの場でずっと立ち話でもしていたのであろうか。

（これは駄目だな……）

熟練水兵ホセの姿を一目ちらりと見て、ラファエルは絶望的な状態を見てとった。

ホセの麻シャツのまっ黒に煤《すす》けた右脇腹は洗面器の半分くらいの大きさが欠損していた。内臓の三分の一くらいが吹っ飛んでいるように思われる。腸や脾《ひ》臓《ぞう》が破裂していると思われる四十前のホセの顔には、すでにはっきりと死相があらわれていた。

ラファエルは隣に横たわるガルシア中尉に視線を移した。

（危険な状態だが、なんとかできそうだ……）

中尉は左膝《ひざ》関節の下に、前面からこぶし大の砲弾の破片を受けたと思われる。頭部や腹部への損傷が見られない外見からすれば、生命を救うことはできそうであった。

近づいて屈《かが》み込んで患部を診ると、膝下で白い長靴《カルソス》下が血にまみれ、被弾したと思われる下肢は滅茶苦茶に破砕されて、向《むこ》う脛《ずね》の半分近くが欠損している。

患部からは鮮血が鼓動にあわせて、びゅっびゅっと勢いよく迸《ほとばし》っている。動脈を傷つけている恐れがあった。まずは止血であった。

（失血死は最初の二十分が勝負だ。が、じゅうぶんに間に合う）

ラファエルは、ガルシア中尉の顔色と出血量とを見比べて止血を施す判断をした。

動脈が皮膚に近いところを通る膝上の止血点を選んで、上肢を晒布《さらしぬの》で堅く縛りあげて木片を咬《か》ませた。緊縛止血法は止血部分を壊死《えし》させる危険を伴うが、とりあえず中尉の出血はこれで抑えることができた。

緊縛の刺激によって、それまで目をつぶっていた中尉は「うっ」とうなって、半身を起こそうともがいた。

煤に汚れた薄灰色の士官服の胸を掌《てのひら》でそっと押さえて、ラファエルは起き上がり掛けた中尉を制した。

「血を止めたばかりだ。そのまま寝ていなさい」

中尉は土気色の顔をしてはいたが、ラファエルの目を見つめて思いのほかはっきりとした声で答えた。

「大丈夫。いまの砲撃を最後にして海の彼方《かなた》に逃げ去りましたよ」

「わたしの……左脚はどう……なってますか」

「心配しないで。この右腕に懸けてあなたの生命は救いますよ。ガルシア中尉」

「まさか……わたしの脚を……切り落としたりしないでしょうね。先生？」

「残念ながら、中尉。あなたを助けるのは、いかに早く左脚を切り落として感染症を防ぐか、にかかっているんです」

「片脚じゃあ、軍人はつとまらない……わたしは美味《うま》い料理を食うのは何より好きだが、作るのは苦手でね。この船のコックになる心算はないですよ……」

勇敢な中尉は自分の容態を自覚したらしく、冗談めかした言葉で抵抗を示していた。

（重傷を負った負傷者の中には、中尉のように奇妙に饒舌《じょうぜつ》になる者が少なくない。一種の興奮状態だ）

戦闘で片脚をなくした水兵は、コックになるしか艦隊勤務に残る方法はなかった。海兵隊の士官であるガルシア中尉は、軍を辞める以外に途《みち》はなかろう。

ラファエルはいたたまれぬ思いを振り切って、中尉に向かって厳しい声を出した。

「もう喋《しやべ》らないで！　体力を残しておかないと、手術に耐えられませんよ」

中尉は素直にうなずいて目を閉じた。ラファエルはまわりを取り巻いていた救護班の水兵たちに命じた。

「中尉を板に載せて下へ運べ。なるべく静かにやるんだぞ」

サン・フェリペ号の手術室はほかの多くの軍艦と同じように、最下甲板の船尾に近いところに設けられていた。

室内には軍医助手たちが清浄を保つために撒《ま》いた酢の匂いが立ち籠《こ》めていた。

ラファエルは、止血帯を慎重に解いたが、幸い傷口からの出血はすっかり止まっていた。もっとも、切断術によって再び大きく出血するわけだが。

（適当な切断箇所は膝下すぐのところだな）

「無理なお願いだが、ガルシア中尉。なるべく身体を動かさないでほしい」

猿ぐつわで会話のできない中尉がうなずく仕草を合図に、二人の軍医助手が中尉の肩と右脚を押さえつけた。

ラファエルは、鋭いナイフで、開いた傷口の上、拳《こぶし》一つ分くらいの箇所の皮膚を切開し始めた。噴き出した鮮血が手術台に拡がり、手術室には血の匂いが充満した。

ガルシア中尉は身体を痙攣《けいれん》させながら、うめき声をあげてもがこうとする。軍医助手が押さえつけている力は強く、手術に支障を来す恐れはなかった。

鮮血が噴き出て、ラファエルのエプロン《デランタル》が血潮に染まった。

中尉は悪魔のような形相で歯を食い縛って苦痛に耐えている。

「手もとをもっと明るくしてくれっ」

ラファエルは強い調子でランタンを持つ水兵に指示した。二人の水兵のランタンが近づき、血だらけの切開箇所の筋肉が光の中に浮き上がった。

(くそっ……なんて硬い筋肉だ。ナイフが入っていかない)

渾身《こんしん》の力を込めて格闘しているうちに、刃先が腓骨《ひこつ》に到達した感触が右手に伝わった。

(よしっ、いいぞ。鋸《のこぎり》だ)

ラファエルは三角形の刃を持つ鋸を骨に当てて引き始めた。あっという間に二本の下肢の骨を切断すると、血糊《ちのり》にまみれた右手で、ふたたびナイフを握って筋肉を切り裂いた。

「マノロ。そろそろピッチを……」

ラファエルの指示で後ろに控えていた軍医助手が、沸騰したコールタール・ピッチの入った鍋《なべ》を持って来た。

外科医は傷口を覆い出血を止めるために切断箇所をコールタール・ピッチに浸す方法を採用していた。

一人の軍医助手が無惨に切り放たれた下肢をごとっという音をたてて木桶《きおけ》に放《ほう》り込んだ。

ピッチを丁寧に傷口に塗りつけ、手術は終わった。ガルシア中尉は気絶したままだったが、日が昇るまでには意識は回復するだろう。

(頼む、悪魔よ。中尉にとりつかないでくれ)

問題は悪魔とでも呼ぶべき感染症だった。ガルシア中尉が生命を取り留めるかは、ある意味で運次第であった。医師としてはまさに人事を尽くして天命を待つ心境だった。

「みんな。ご苦労だった。……うまくやれたと思う」

ラファエルは肩で息をしながら、手術を手伝った四人の男たちに労《ねぎら》いの言葉を掛けた。

男たちは無言でうなずいた。

手足を切断する手術は立ち会う者に達成感よりも、むしろ確実な喪失感を与えるのだった。

ガルシア中尉は失神からそのまま睡眠状態に入った様子で、猿ぐつわを外すと静かな寝息を立てていた。

（きっと、きっと……中尉は助かる……）

ラファエルは祈るような気持ちで、端正なガルシア中尉の安らかにも見える寝顔を見つめ続けていた。

サン・フェリペ号で、ドン・ビトールから告げられた情報将校への異動命令はラファエルの心を沸き立たせるものだった。

どんなに手を尽くしても助けられない軍人たちを見送らねばならぬ海軍軍医としての勤務は苦しかった。時に医師としての虚《むな》しさがラファエルを襲った。

王国を守る騎士《カバジエロ》として生きてゆける日々は、敵国の血を半分持つラファエルにとって、エスパーニャ人として、この上ない誇りであった。

敵の領土に、ニセのネーデルラント人として潜入する危険な日々を、ラファエルは、神から与えられた試練であると捉《とら》えた。熱帯アジアの過酷な気候も、生命を脅かす風土病も、ものの数ではなかった。

極東方面調査官として、ラファエルが得る情報は、王国に何度も大きな利益をもたらした。軍人としての日々は充実していた。

やがてラファエルは、自ら進んで、もっとも困難とも言える出島への潜入を希望した。狭い出島内では、わずかの油断も許されなかった。エスパーニャ軍人であることに気づかれたら逃げ場所はない。バタヴィアに送還されて、スパイ《エスピア》として処刑されるに違いない。

ラファエルが出島を目指したのは、サムライという存在……ハポンの騎士《カバジエロ》に会うことも一つの目的であった。

サムライの左内と知り合い、今夜、大きな謀計をめぐらす結果になった。ラファエルは生命を賭《か》けてハポンの国を訪れた自分に大きな満足を感じていた。

そして、ユキノに逢《あ》えたのだ……。

長い想い出話は終わった。

いつしか時は移って東雲《しののめ》の頃となっていた。

窓辺からは暁光が、ほのかにヘンドリックの彫りの深い顔を薄青く照らし始めた。

ヘンドリックの母の形見だというアンダルシア石は、いまも確実な重量感を伴って満汐の胸に輝いていた。

満汐は、幾たびも親しく肌を接し、床での癖まで知っているヘンドリックが急に遠い存在に思えて、不思議な淋しさを禁じ得なかった。

(男と女の営みなど、所詮は泡沫《うたかた》の夢なのか……)

いくら身体を重ねても男と女の隔たりは埋まるものではないのか。逢瀬《おうせ》の波立つ想いの中で相手の実像を追い求めても、何ものをもつかみ得ぬ、そう満汐には思えた。

(されど、まことのヘンドリックさまは強く凜々《りり》しきお方さま……)

自らの仕事を語るヘンドリックの表情は常に誇りを湛《たた》えて、語られる逸話の一つ一つは精彩を放っていた。満汐は、砲火の飛び交う船上で闘う医師としてのヘンドリックの姿をこの目で見てみたいと思った。その姿はきっと凜々しく頼もしいに違いない。

さらには、主君エスパニア国王のために、自らの生命を賭《と》して、日ノ本に渡って来たヘンドリックに、満汐は武家娘としてひたすらな敬意を抱いた。

ある時は嬰児《あかご》のように幼く見え、時には自らの薬籠中《やくろうちゅう》のもののようにさえ捉えていた男が、厳しく雄々しい一人の丈夫として遠い存在に感じられた。

満汐は、いま覚えた淋しさが、ヘンドリックに対して生じた尊敬の念とともに生まれたことに気づかされた。

「そのお方は……左脚を失くしたその物頭《ものがしら》の方は?」

満汐は、軍船上のヘンドリックの活躍ぶりをもっと聞いていたかった。

「助かりました。とても勇敢な男となり、木で作った義足で軍船に乗り込み軍兵たちの先頭で戦い続けたそうです。でも、わたしはすぐに船を下りてしまったので、その話は人に聞いただけです。わたしの船の上での話は、まだまだたくさんありますが、どれも血腥《ちなまぐさ》い話ばかりなので……」

ヘンドリックは口元に自信に溢《あふ》れた笑みを浮かべた。

満汐は、いままでこの医師の笑顔に見えた優しさとは異なる、幾多の修羅場をくぐってきた男の余裕のある強さを見た。

その人物の来し方を知っただけで、こんなにも相手を見る目が変わるものか。満汐は自分の人物眼の頼りなさに改めて苦笑せざるを得なかった。

出島南面に植えられた松の木々にやってきたのか、夜明けを喜ぶ小鳥たちのさざめきが遠くに響いた。

「不躾《ぶしつけ》なことをお訊《たず》ねしてもよろしいでしょうか」

続く問いかけが、いささか性急な調子になったのは、揺れ動く心のためだったのかもしれない。

「なんでしょうか。どうぞ何でもお訊ね下さい」

「この宝玉はヘンドリックさまにとって、大切な想い出の品でございましょう？」満汐は胸元のずしりと重い宝玉をヘンドリックに見えるように掌の上にのせて訊ねた。

「そうですね。そのアンダルシア石は、長年、かすかな母の面影を伝え続けてきました」

「ヘンドリックさまは、なにゆえ、満汐にこの宝玉を下さったのですか」

ヘンドリックは黙った。額に皺《しわ》を寄せて考え込んでいるのは、満汐にわかりやすい答えを探し求めているのだろう。

「実は、自分の父母のことを話せる人ができたら、その人にアンダルシア石を贈ろうと決めていたのです。わたしは、ミチィオと出会ったおかげで、母の顔をぼんやりとしか知らぬことが、少しも淋しくなくなりました」

ヘンドリックが、自分の気持ちをできるだけ誠実に伝えようと努めていることは、ひしひしと伝わってきた。聞いているうちに、素直な喜びが心の中に生まれ、満汐の胸を鼓動の高鳴りが襲った。

（このお人は、ほんとうにわたしを想うて下さっている。では、ではなぜ……）

たどり着くのは、数日来、満汐を苦しめ続けた一つの疑問であった。

しばしの沈黙が部屋を覆った。石垣にあたる波の音に混じって満汐は自分の動悸《どうき》の音を聞いた。速まる鼓動の中で、満汐は心を乱し続けた疑念を口にした。

「では、ヘンドリックさま……。なにゆえに、なにゆえに満汐を抱いては下さらぬのですか」

「それは……つまり……」

ヘンドリックは視線を天井に移して考えをめぐらし、乏しい語彙《ごい》の中から真剣に言葉を選んでいるようだった。

「はじめ、あなたはタユウ、わたしは客でした。だから、わたしは少しも悩まずに客がタユウに接するようにミチィオに接することできました。接するうち、ミチィオの美しさ、賢さ、優しさ、温かさにわたしは憧《あこが》れました。……タユウに憧れる客は多いでしょう?」

微笑《ほほえ》むヘンドリックに、満汐は黙ってうなずいた。

「でもそれは、タユウと客の間のこと。ところが、あなたはタユウではなかった。本当はサムライの娘だった。それは、わたしには大きく衝撃だった。わたし、雷に撃たれた気持ちでした。だから、わたし、あなたを抱けない……」

「お言葉が、解《わか》りませぬ。ヘンドリックさま」

真意が摑《つか》めない歯がゆさに、満汐は焦《じ》れた。

ヘンドリックの顔から微笑みは消えていなかった。

「あなたはオワリの人々のため、オワリの殿さまのため、わたしと夜を過ごしてきた。あなたはサムライとしての誇りを持って自分の身を隠してつとめを果たしていたのです。でも、本当はタユウでないミチィオは、さぞ、苦しかったでしょう。さぞ、辛《つら》かったでしょう。好きでない人に優しく接することは……」

ヘンドリックの表情には言いようのない淋しさが浮かんでいた。

「さようなことは……ありませぬ。満汐は……」

かぶりを振った満汐は喉《のど》を詰まらせた。

（嫌ではなかった。このお人が決して嫌ではなかった……）

ヘンドリックは、出会った初めから性急に自分を求めずに、心を解きほぐそうと出島の中を連れ廻《まわ》ってくれた。その優しさは、心に染み通った。出会ったその日からヘンドリックに好意を抱いていた自分の心を、満汐は知った。

ヘンドリックは、真剣な表情を見せて言葉を続けた。

「ミチィオがサムライの娘と知ってひと晩たった朝、わたし、あなたのこと、なくてはならない人だと気づきました。わたしの心の中でユキノは、すでにタユウではなかった。一人の大切な愛《いと》しい人だった」

言葉の途中からヘンドリックの声の調子があがり、頬が紅潮し始めた。

「けれど、あなたの心の中ではわたしはオワリの計略の鍵《かぎ》を握る蘭館のヘンドリック。決して、ラファエルではない。あなたは、オワリのサムライの娘、ユキノ。わたし、エスパーニャ海軍のラファエル……。いや、それも違う」

ヘンドリックは叫ぶように言って、言葉を切り、静かな調子に戻って口を開いた。

「ユキノとラファエルという女と男です……。わたし、ただのユキノとただのラファエルとして、もう一度初めからやり直したかった。あなたがユキノとしてこの……」

ヘンドリックは自らの胸を右手の親指で指した。

「ラファエルを求めてくれるか……。それが解《わか》るまでは、わたし、あなたを抱けなかった」

（ああ、ヘンドリックどのが、そんなお気持ちとは少しも気づけなかった……）

お互いの立場を捨て、男と女として初めからやり直したい……。

ヘンドリック、いや、ラファエルの拙い言葉と真摯《しんし》な表情は、自分への確かな愛情をあまりにも強く伝えていた。これほど、自分を女として大切に想ってくれた男は現れなかった。いや、未来永劫《えいごう》に現れぬに違いない。

瞳に涙が溢れ出た。

涙が頬を流れゆくうちに、心の中で鎧《よろい》のようにまとっていたすべてが剝《は》がれ落ちていった。

太夫としての擬態はもちろん、忍びとしての忍辱《にんにく》も、武家の娘としての誇りさえも。

この瞬間、ここにはすぐれた女忍びの姿は見られなかった。

「一人の男、ラファエル・マルケスとしてあなたに告げたい……」

ラファエルは立ちあがって歩み寄ってくる。

満汐も立ちあがり、二人は息が掛かる距離で向きあった。

ラファエルは満汐を真っ直ぐに見つめた。

鳶色の大きな瞳に、満汐は吸い込まれそうになった。

ラファエルは満汐の右の掌をとって自分の左胸にかるく押し当てて目をつむった。

厚い胸板から掌に伝わる鼓動は、満汐に負けずに激しく脈打っていた。ラファエルは再び目を開くと、ゆっくりと唇を動かした。

「ラファエルは、ユキノを想っています。わたしの心はあなたのもの」

不器用だが美しい愛の言葉は、満汐の心を溶かした。

「ヘンドリックさま……。雪野は、雪野は……」

名乗ったとたん、雪野は、ラファエルにすがりついて厚い胸に顔を埋めてしまった。

それは、雪野がただの女として、ただの男、ラファエルを激しく求める所作にほかならなかった。

生まれて初めて知った女としての幸福感を、満汐は、心の中でどのように扱ってよいのかが解らなかった。ただただ頬を涙が伝わり続けた。

ラファエルの両腕がやさしく雪野の背中を抱きしめた。

時を忘れて、雪野はラファエルの胸で涙を流し続けていた。

「お願い。雪野をはなさないで……。ラファエル」

雪野はかすれた声で囁《ささや》いた。

「はなさない。決して……」

耳元のラファエルの声を、雪野は遠いところから響く神の言葉のように聞いていた。

（お船が出島を離るるまででも……）

続かぬ定めの逢瀬だった。

出島のつとめが終われば、ラファエルと過ごせる時も終わる。

自分は忍び以外のなにものでもない。忍びには人並みの恋などあるはずもない。

だが、今はただ、すべてを忘れていたかった。

江戸町の方角から吹き始めた朝風が、上外科医部屋の羽目板を吹き抜けるうなりが、雪野の耳で玲瓏《れいろう》な龍笛《りゅうてき》の音の如《ごと》く響いていた。

第八章　夕べの夢

1

暦が水無月を迎えた頃、左内は名古屋に戻っていた。

三日の夕刻、左内は城下の鬼門に当たる守山《もりやま》にあって木曾路《きそじ》を護《まも》る隠れ同心屋敷「廿軒家《にじつけんや》」に草鞋《わらじ》を脱いだ。その晩、国老筆頭、成瀬《なるせ》隼人正正泰《はやとのかみまさもと》（正太《まさもと》）から火急の召し出しがあった。

半刻の後、諏訪氏の家紋である『三ッ葉根あり梶《かじ》の葉』をつけた裃《かみしも》姿の左内は、成瀬家上屋敷の奥深い中奥居間に身を伏していた。漆黒の空を破って、送り梅雨の激しい雨が降り続いている。

将軍吉宗を誅殺《ちゅうさつ》しようとする宗春の意中を知る者は老職中では正泰一人であった。宗春は正泰の恬淡《てんたん》な人柄を愛し、今春の在府のおりに胸中を打ち明けていた。このときから、左内は星野織部ばかりではなく、正泰の下知をも受けていた。

「左内。明日、この屋敷に忍んで参れ」

三十歳の若き執政は穏やかな声音で命じた。声の優しさにふさわしい瓜実顔《うりざねがお》は、切れ長の一重の瞼《まぶた》や柳眉《りゅうび》と相まって内裏雛《だいりびな》を思わせた。

「お屋敷うちの何方《いずかた》へ参ればよろしゅうございますか」

「表書院の天井裏だ。御土居下衆から出す警固の者たちがおるゆえ、組頭には予の命であると告げよ。明日は予が重臣たちを饗応《きょうおう》する。隣屋敷の竹腰をはじめ、石河《いしこ》、志水《し》《みず》という顔ぶれだ」

「ほう。これは、御重臣方が勢揃《せいぞろ》いでござりますな」

左内は驚きの声を上げた。家中の上席四位の国老が顔を集める宴席となる。

「言い出したのは竹腰の爺《じじい》よ。知多の玉箒《たまははき》（銘酒）が届いたゆえ、水無月に入ったこととて湿気《しっき》払いをせぬかと言いおってな」

竹腰山城守正武《まさたけ》は家中で正泰に次ぐ国老である。ともに家康が尾張徳川家初代の義《よし》直《なお》に配した御附家老《おつけがろう》の家柄だった。

御三家の御附家老は、主君の政事や軍事の顧問役をつとめ幼君の傅育《ふいく》にあたる。さらには藩政を指揮監督する将軍直属の目付役の性格が強かった。成瀬家は尾張犬山に三万五千石、竹腰家は美濃今尾で三万石を領し、それぞれ城持ち大名の実質を持っていた。

「よいな、午《うま》の刻だ、決して違えるな」

「はっ。仰せのままに」

遠雷が序々に近づいてきた。激しい雨音は明け方まで続きそうだった。

翌日も雨は降り続いていた。左内は合羽を羽織った志水家の中間《ちゆうげん》姿に身をやつして屋敷に入りこんだ。重臣が三人も来訪しているとあって、数千坪を超える成瀬家上屋敷も供揃えの家臣や中間たちでごったがえしていた。

人気のない作事小屋の裏手で忍び装束に着替えた左内は、天井裏伝いに表書院のある御殿様御殿を目指した。

たとえ塗壁の建物であっても、昼間の天井裏は意外に多くの隙間《すきま》から光が漏れてきている。左内は無意識に漏れくる光の届きにくいところを選んで梁《はり》の上を走っていた。

渡廊下から御殿に入ると、前方五尺ほどの左右の闇の中に二つの気配を覚えた。

昨夜の正泰の言葉通り表書院は御土居下同心が警固しているのだろう。左内は懐から銅火と呼ばれる携行火器を取り出し、ごく弱い玉薬を塗布した特製の紙燭《ししよく》に火を点《つ》けた。

左内は、自分が尾張甲賀衆であることを示すために、紙燭で闇に手早くつわ十字の模様を描いた。この春から江戸甲賀を示す家中の符号となっていた。

その刹那、左右の暗闇から棒手裏剣が飛んできた。

胸元めがけて飛び来る白刃を左内は体《たい》を躱《かわ》して避けた。

左右の闇の中に殺気が感じられた。

（御土居下ではないのか。この天井裏に公儀の伊賀者が忍び込んでいるというのか……）

しかし、背後の闇に消えた風切り音は甲賀衆の使う棒手裏剣が発するものと聞こえた。

左内は声帯を震わせない発声で己が名を名乗った。

「俺は江戸の諏訪左内だ」

二人の身体《からだ》からすっと殺気が引いた。

「おお。江戸の組頭さまか」

聞き覚えのある声だった。名古屋甲賀の岡本《おかもと》という同心だった。

「いつの間に符号を変えたのだ」

左内は二人に近づきながら聞いた。符号は漏出をおそれて不定期に変える決まりになっていた。だが、下知した正泰が新しい符号を左内に伝えないのはおかしな話だった。

「この朔日《さくじつ》、御支配から符号を変えよとの仰せがあり申して……新しい符号はくつわではなく、三つ金輪でござる」

岡本は闇の中で三つの輪を描く仕草をした。

――水無月に入ったので湿気払いをする。

左内は正泰の言葉を思い出した。朔日となれば酒宴の話が出た頃に違いない。あえて符号の変更を告げず正泰が自分を葬ろうとしたのか。

「おぬしたちは、どなたさまのご下命で警固をつとめおるのか」

「はっ……。隼人正さまから御重役方をお護りすべしとの御命にござる。何人であれ、この屋敷に近づく者は葬り去れとの御支配の御諚《おおせ》」

市野《いちの》というもう一人の同心が、声変わりしたての幼さの残る声音で答えた。

「では、今日何者かが忍んでくる類《たぐ》いの話でもあったのか」

「いいえ。さようなことはござりませぬ。ただ、旧《ふる》い符号を用いた者があったので、ついい、公儀の伊賀衆かと……。申し訳の次第もござりませぬ」

岡本は恐縮の声を出した。嘘《うそ》をついている声音ではなかった。やはり、御土居下同心支配の目付役から正泰に対して、符号を変えたという通牒《つうちょう》がなかったのだ。

(これは……隼人正さまも国元の権柄から外されておるな)

符号は今日のために変えられたのである。重臣会議の実を持つ今日の酒宴を、闖入《ちんにゅう》者《しゃ》から護るために相違ない。公儀の隠密はもとより、自分たち江戸甲賀組さえも、尾張家の重臣たちから見れば闖入者に違いないのだ。

正泰自身は甲賀衆に警固を命じた心算であっても、この屋敷を護る甲賀衆は正泰ではなくほかの者の下知で動いている。つまり、成瀬家上屋敷は何者か——おそらくは竹腰山城守によって監視されているのである。

大げさに言えば、正泰はすでに家中において実権を失っている。言葉を換えれば、いつ失脚してもおかしくない状態にあるのだ。闇の中で左内は暗い気持ちになった。

岡本の手引きで、二度とは手裏剣を受けることなく左内は書院にたどり着いた。書院を護っていたのは、名古屋御土居下同心組頭の久道帯刀《ひさみちたてわき》と配下の同心二名だった。

むろん、左内とは面識がある上、二人は同年輩だった。

「おぬしは江戸の命でここへ参っておるのだな?」

帯刀は静かな声音で訊《き》いた。

「そうではない。隼人正さまより午の刻に忍んで参れとの御諚だ」

闇の中で帯刀が微《かす》かに頷《うなず》いた。

権力の均衡がどう崩れようと、開闢《かいびゃく》以来他家との交渉を絶って十八家だけで時を送ってきた御土居下衆同士にはたしかな信頼感がある。偽りを言う必要はなかった。

左内は光の筋が出ている節穴に右目をあてて座敷を見やった。

上座の床を背にして竹腰山城守が座っていた。残りの酒客も誰しもが太夫と呼ばれる御附家老の家柄である。

床の間には画才に秀でた正泰の筆になる朝顔図が凛《りん》とした姿で架けられていた。

「朝顔の馳走《ちそう》とは感じ入った。隼人どのは、まことに風流人でござるな」

上座に座る竹腰は、面長の四角い顔で儒者か医師を思わせる穏やかな相貌《そうぼう》を持っていた。すでに髪は七分通りは白かった。

「おお。これは甘露」

白磁の杯を口元に持って行った竹腰は相好を崩した。自領の今尾に佳酒がないため、酒好きの竹腰は尾張きっての酒処である知多から酒を取り寄せていた。

しばらくの間は、知多の酒の銘柄の話や、膳部に供された酒肴《しゅこう》などの他愛もない話が続いていた。

竹腰は、宴半ばから胸元をくつろげ、頬肉《ほおにく》を震わしながら椀《わん》の蓋《ふた》であおり始めた。

正泰の命ですぐに小姓が大盃《おおさかずき》を持ってきた。

「隼人どの。いささか込み入った話があるでの。人払いを願いたいのだが……」

大盃を手にした竹腰は、酔いが発散しないらしく、むしろ青ざめた顔色で正泰に請うた。正泰の手振りで、給仕役の三人の小姓は一礼して下がった。

会話が途切れ、軒を打つ雨の音がひときわ強くなった。

竹腰はくつろげた襟を整え直した。

「ご内意が仰せ出された」

竹腰がぽそりと言った。この言葉に座敷中に張り詰めた空気がみなぎった。

「ご内意とは、どなたのご内意でござる」

持ち前の野太い声を震わせて志水甲斐守《かいのかみ》が訊いた。

「……左近将監《さこんしょうげん》さまからじゃ」

話は老中松平乗邑《のりさと》から出たものなのである。吉宗の意を体した乗邑は去年の三月以降、幾たびにも渡って竹腰を江戸に呼びつけた。尾張家中に宗春から離反することを強い続けていたのである。

左近将監の言葉はすなわち将軍の内意にほかならなかった。座敷の誰もが、天井裏の誰もが、固唾《かたず》をのんで竹腰の次の言葉を待った。

「遺憾《いかん》ながら、年余のうちに殿には御隠居頂くしかない」

竹腰は深刻な話を表情を変えずにさらりと言ってのけた。

（なんと！　事態はそこまで切迫しておったか）

左内は心の中で叫び声を上げた。風前の灯火《ともしび》なのは正泰の政治生命ではなく、宗春の藩主としての運命だった……。

一座の空気は凍りついてしまった。

「それが……台慮《たいりよ》（将軍の意思）だと仰せありますか」

しばしあって、甲高い声で咳き込みながら訊いたのは石河佐渡守だった。三十代半ばのこの男は竹腰の甥《おい》にあたる。

「さよう。左近将監さまは身どもにさよう仰せあった」

「なにゆえ、なにゆえ殿が御隠居あそばさねばならぬのでござるか」

怒りに震えた正泰の声が、座敷に響いた。

「隼人どの。今さらでもあるまい。我が殿はあまりに圭角多きお方じゃ。御入国以来ことさらに上さまの御意にかなわぬ振る舞いを為され続けて来られた。さらには、ここ数年来の尾張の政事《まつりごと》は混迷の極にあるとしか言いようがないではないか」

（やはり、竹腰さまにとっては、将軍家が上さまなのだな）

左内は歯がみした。しかし、これは附家老として正常な感覚なのかもしれない。

「さらに窮すべきことがある」

竹腰はこれ以上と言えないほど苦渋に満ちた表情を浮かべた。

「……御跡目は、田安《たやす》……田安中将さまと」

一語一語かすれさせながらようやく言い終えた竹腰の言葉に一座の面々は雷に打たれたが如《ごと》き表情に変わった。

（なんと言うことだ……）

胸に強い痛みを覚え、左内の心ノ臓は激しく鳴動した。

正泰の顔面は蒼白《そうはく》になり、形のよい目が白目がちになって痙攣《けいれん》していた。石河は阿呆《あほう》のように口をぽかんと開け目を見開いたままだった。志水は全身を震わせると、両目を固くつぶってしまった。

竹腰の言葉は、尾張家中の誰にとっても、それほど恐ろしいものだった。

田安宗武《むねたけ》は吉宗の次男である。

宗武自身は英明このうえない人物として知られていた。だが、開祖義直以来、いつかは将軍位を襲わんとするほどの気概を持ち続けた尾張徳川家が御三卿を主君に迎えて治まるはずはなかった。必ずや、藩政には大きな混乱が生ずる。

宗春は不思議に正室を迎えず、側室に国丸《くにまる》という嫡男があったが、享保二十年に、わずか七歳にして病死していた。

だが、尾張徳川家には、支藩の高須《たかす》藩主に宗春の従兄《いとこ》にあたる三十四歳の松平義淳《よしあつ》という立派な藩主適格者が存在するのである。

「これは何としても避けねばならぬ。ご内意をそのままお受けすれば、尾張は宗家の御血筋になってしまう」

眉間に深い皺《しわ》を寄せ、竹腰はきつい調子で断じた。

「その通りでござる。いかなる犠牲を払っても、高須の殿をお迎えせねばならぬ」

つり込まれるように、志水甲斐守が通る声で言い放った。

志水の言う「犠牲」は、すなわち宗春を贄《にえ》にするということにほかならない。

「甲斐どの、何を言われる。不忠ではないか」

正泰が睨《にら》みつけて鋭く難詰すると、志水は酒焼けの顔をさらに赤らめて首をすくめた。

「隼人どの。殿をお護りするのも、もはやこれまでじゃ。我ら国老は御家のもっとも善きように生きねばならぬ」

竹腰が表情をやわらげ子どもを諭すようにゆっくりと言った。

「さりながら……」

竹腰は正泰の言葉を皆まで聞かずに覆い被《かぶ》せるように言った。

「よいか。主は一代、御家は末代じゃ。そのことを御身もお忘れなきよう」

再び厳しい表情に戻った竹腰は、幕政を背にした検断官の高みに立っていた。

（爺め。許せぬ！）

左内は懐の棒手裏剣に手をやった。

竹腰の言葉は、当代の武士にとっては普通の感覚だった。主に忠であるべきなのは、飽くまで御家の為《ため》である。

だが、宗春に男惚《おとこぼ》れする左内にはどうしても許せぬ言葉だった。

棒手裏剣の柄を握りしめる左内の右手に力が入った。首筋に冷たい汗が流れ落ちた。

左内の殺意が空気を通して伝わったかのように、帯刀の肩がぴくりと動いた。

（くっ……。ここで山城守を殺《あや》めてもお上が困窮あそばされるだけだ）

もし、ここで宗春側近の自分が、台慮を奉戴している竹腰に危害を加えれば、それこそ、幕閣は宗春の報復として容赦はしない。ことによると、この一撃が尾張六十一万石を滅ぼすおそれすらあった。

左内は懐から手を取りだして、首筋の汗をぬぐった。帯刀の肩から力が抜け、ほっと小さい吐息が漏れた。

「すっかり馳走になった。いやいや、隼人どの。次には重陽の節句に菊花の絵でも見せて貰《もら》いたいものじゃ」

竹腰はわざとのように明るい声を出して座を立った。志水と石河が慌てて後を追った。

座敷には、肩を落とし畳を見つめる正泰一人が残された。

畳には涙が流れ落ちていた。正泰の悔しさを直視できず、左内は節穴から目を逸《そ》らさざるを得なかった。

（隼人正さま。拙者も江戸の者どもも皆同じ思いでございます。左内一命を賭《と》しても必ずや大計を果たしてご覧にいれます）

暗闇を見つめ、深く心に誓う左内であった。

「のう。左内……」

座敷から正泰も去り、小姓たちが後片付けを始めると、帯刀が声をかけてきた。

「なんだ帯刀。おそろしく浮かぬ顔ではないか」

「お上が御隠居あそばされるとは……我ら尾張甲賀はどのように身を振ればよいの

か。」

帯刀の声は思案にあぐねているように頼りなかった。

「さような話は考えたくもないが、仮にお上が御隠居あそばされるとすれば、その日が来るまで、ただひたすらにお上の命に従うのが我ら御土居下の生きようであろう」

左内は帯刀の両眼を見据えて強い調子で言葉を継いだ。

「何が起ころうともな」

名古屋城落城の時に主君を護衛して木曾路を逃げるために定められた職責から言えば、主君が主君である限り最後の最後まで忠義を尽くすのが御土居下衆の本分であろう。

「されど……」

帯刀の憂慮は左内にも痛いほどわかった。本分は本分として、向後、目付役の直々の下命と宗春の利害は対立するものになってくるからである。御土居下衆の護りは外敵に備えてのものであって、家中からの攻めには耐え得なかった。

重臣たちのありのままの姿を正泰が左内に見せたのは、すなわち、宗春に伝えよという無言の下知に違いなかった。

左内は、「廿軒家」に滞在させている森島以蔵を今宵のうちに江戸に派して、宗春と織部に今日の顚末《てんまつ》を報ずることを決めていた。

格天井《ごうてんじょう》に響き続ける激しい雨音に遠雷の轟《とどろ》きが重なる。

(もうすぐ梅雨が明けるな……)

豪雨は梅雨明けの兆しと見てよさそうだった。

2

朝顔の宴の後、左内は、正泰の命で紀伊半島沿岸部の偵察に時を費やした。

エスパニア王国の軍船が、名古屋へ入港する際の障碍《しょうがい》となる公儀や諸藩の警固施設を確かめて廻《まわ》ったのだった。かつて海賊が荒らし回っていた土地柄とはいえ、現在の紀伊半島には、海上の敵に対する武力と呼べる代物は存在していなかった。

尾鷲《おわせ》にあった左内に、江戸から稲垣弥一郎が織部の急使として下向し、至急東上せよとの密書をもたらした。長月初めの夜になって戸山下屋敷に入った左内は、直ちに織部への拝謁を願い出た。

ところが、主君宗春から御町屋通へのお召しがあった。着替えには及ばぬとの御諚で、左内は取るものも取り敢《あ》えず上の御泉水を西へ渡った。

虚空には九夜月が白く輝いていた。

小袖《こそで》胴着に袢纏《はんてん》仕立ての上衣をまとう軽輩の旅姿で、左内は御町屋通の午木戸に立っていた。

（なんの気配だ……）

左内の五感は、遠く拡がる戸山の森に、奇妙な気配を感じ取っていた。殺気ではない。瞬間、獣にも似た目が雑木林の奥に光る気配と、かすかな大気の揺らぎを覚えたのである。

（御下屋敷に敵が入り込んでいるはずはない。気のせいか……）

いま一度、五感を研ぎ澄ませた左内は、周囲にあらゆる気配が存在しないことを確かめて肩の力を抜いた。

ぽつんと光る灯《あか》りを目指し、雨戸が立てられた通りを北へ向かって歩いてゆくと、左右の町屋の陰のあちこちに警固の武士が控えている気配が感じられた。

左内は本陣の「外郎屋《ういろうや》」の前で立ち止まり、千鳥破風と唐破風に飾られた瀟洒《しょうしゃ》な構えを見上げた。

「諏訪左内、お召しにより参上仕《つかまつ》りました」

「左内か。入って参れ」

宗春の声に従って小姓の手で襖《ふすま》が開けられた。十数畳の部屋の四隅には灯光を落とした膝《ひざ》丈ほどの遠州行灯《あんどん》がやわらかな光を放っていた。窓辺には、山吹色に乱れ咲く江戸菊の鉢がいくつも置かれ、あたりには清澄な香りが漂っている。

「お上には健やかなるご尊顔を拝し、左内恐悦至極に存じます」

平伏した左内の型どおりの挨拶《あいさつ》に、頭上から宗春の思いの外に明るい声が降ってきた。

「今宵は珍客が参っておってな。重陽の節句のこととて月下の菊を肴《さかな》に酒でも酌もうと思うてな」

面を上げると、宗春の隣に座っているのは、予期もしない筆頭家老の成瀬隼人正正泰（正太）だった。時ならぬ出府に左内は不吉な予感を覚えた。

「隼人正さま……」

「紀伊路の探索、苦労であったな。左内」

青ざめた顔の隼人正の声は、ふわりとした宗春の声とは対蹠《たいせき》的に硬く乾いていた。

やはり名古屋で大事が出来《しゅったい》したに相違ない。

「隼人めは名古屋から遠路、予に三行半《みくだりはん》を突きつけに参ったのじゃ」

左内は反射的に宗春の顔を見た。不思議と平静な表情だった。隼人正が喉《のど》の奥で呻《うな》った。

「これが国許《くにもと》からの離縁状じゃ」

宗春は自分の前に広げてあった書状を取ると、左内に投げてよこした。

「拝見仕ります る」

左内はわななく心を抑えて、畳の上から恭しく書状を拾いあげると目の前に広げた。

（こ、これは……）

「乍恐御請申上候御事《おそれながらおんねがいもうしあげそうろうおんこと》」から書き出されている書状は、水無月九日の名古屋の評定について家老一同が宗春に「通告」してきたものだった。書状には成瀬隼人正以下宿老たちの署名連判があった。

水無月九日、在国の上士はすべて名古屋の評定所に集められた。評定所には成瀬を始め、竹腰、石河、志水、渡辺、山村、千村ら国老が全員出座していた。この席で竹腰山城守から「御政道は万事古来の方針に戻すこととする。従って、このところ御主君が出した命には従わないように。また、特に御内意を承る役向きもあるだろうが、向後は御内意には従わず、何事も国老に諮《はか》るように」とする通達が発せられた。

つまり、この日を以《もっ》て宗春の打ち出した政策はすべて無効にされ、藩主は完全に飾り物としての地位に墜《お》とされたのだった。

主君の実権を奪うという水無月九日の通達を、在府の宗春に突きつける。国元の家老たちが、かくも無礼な振る舞いに及ぼうとは、思いも寄らなかった。隼人正の出府はこのためだったのだ。

「相惚《あいぼ》れ、自惚《うぬぼ》れ、片惚れ、岡惚れ」

左内が言葉に詰まっていると、宗春は歌うように巷《ちまた》で言われる通言を口にした。

「男と女は相惚れならよい。自惚れ片惚れ岡惚れ、どれもこれも身を破る。予はこの身に自惚れはないものと信じておったが、世人に岡惚れし、家臣たちには片惚れしておったようだ……もっとも、人が一段と燃ゆるのも片惚れ岡惚れよの。されど、疎まれたおなごをさらに追い続ければ、己が身を破るばかりか、相手のおなごも、あたりの者をも不仕合わせにするは必定」

吉原海老屋の遊女小式部を愛して請け出し、自らの名の一文字を与え春日野と称させて名古屋へ連れ帰った宗春らしい、酒脱《しゃだつ》な言い方だった。

「もてんとすべからず、振られずとすべし。この言葉の意味がわかるか、左内」

宗春は青白磁のあっさりとした酒器を小姓のほうに突きだして酒を注《つ》がせた。

「恐れながら、遊里の通言にて、遊女には初めから慕われようと攻めを打つと疎まれる。振られぬように万々、護りの姿勢をとるが上策との意かと存じます」

「ははは、左内らしい申しようよの。どうやら予は、世人や家臣にもてようと振る舞うたが、失策《しくじり》のもとだったらしい」

左内の四角四面の答えようが可笑《おか》しかったのか、宗春は声を立てて笑った。

「のう……左内。わしが奇矯《ききょう》な振る舞いを続けて参ったは、世の民の評判をとりたかったからよ。むろん、世人の評判をとったからといって何も面白いわけのものではない。ただ、予への評判が高まれば、あまりに窮屈な治世への怨嗟《えんさ》の声が広まり、源六《げんろく》（吉宗）が自らを省みると思うておった。世を治めるにはな、誰もが楽しみ、生き生きと暮らす世を目指すほかに途《みち》はないのよ……民が楽しまなければ、世は逼迫《ひっぱく》してゆくばかりだ。されど、武士というのは窮屈なものだな。町人たちと異なり、異風をことごとに嫌う。人がのびのびと生くるを怖るる。数年来、予に口説かれて揺らいでいた年寄たちは皆、源六めに脅されて武士の本分に立ち還《かえ》ったわけだ。もはや、国許には予の家来は一人もおらぬぞ」

声音に皮肉な調子は見られず、むしろ大きな諦《あきら》めの心が宗春を支配しているように思われた。

「と、殿……」

隼人正が感極まって声を震わせた。

（御家老さまもお辛《つら》い御役だ）

筆頭家老として、宗春に「離縁状」を突きつけるのは、隼人正には荷の重すぎる行いだったに違いあるまい。

「されど……未《いま》だ、江戸屋敷は忠義の者ばかりで……」

左内の言葉をさえぎって、いなすような調子で宗春は言葉を続けた。

「もうよい。よいのだ。この碁立ては、何十目もの差を以て源六の勝ちだ。あ奴は予より武士というものの性質《たち》を知り抜いておったわ。予と家中の者の仲を引き裂くに苦はなかったろう。家来に離縁状を突きつけられる男に八州を統べられるわけはない。武士の治めるこの国を統べるは、しょせん源六のような男に向いた仕事よ」

宗春は酒器を口元に持っていって干した。

左内を眩暈《めまい》が襲った。部屋の四周の柱が外側に膨らんで破裂する錯視を覚えた。中気の発作のように耳元でざぁーという音が鳴り、息が上がってきた。高まった鼓動がこめかみを不快に震わした。

宗春は自分には国を治める力がないと嘆き、大計を捨てると言う。もはや、自分の生きる道はない……。だが、自分の動揺を他人に見せないように努めるのが、忍びとしての本分だった。

「花は桜木、人は武士。なぜ傾城《けいせい》に嫌がられ、か……ははは」

宗春は立ち上がると濡《ぬ》れ縁のほうへ向き直って中空に冴《さ》える九夜月を眺めた。

「織部が首を長くして待っておろう。下がってよいぞ」

「はっ」

左内はよろけそうになる身体を目立たぬように支え、宗春と隼人正に一礼した。

「そのほうのせっかくの骨折りはことごとく泡沫《ほうまつ》と化した……許せよ」

部屋を出て行こうとする左内に宗春が背中から声をかけた。

(やはりお上は、我が心の揺らぎにお気づきだった……)

左内は言葉もなく平伏した。

下々の心を知り、世の繁栄と庶人の幸福を心から願う宗春に仕えた日々は、忍びとして至高の喜びに満ちたものだった。宗春が世に起《た》つ日のために、生命を賭《か》けて戦い続けてきた。だが、左内のすべての思いは、虚《むな》しく消え去ろうとしていた。

(天下はふたたび闇に包まれようぞ。決して晴れぬ深い闇に……)

黒雲が空を覆い大地が崩れる。暗転してゆく世を前にして、左内は己が無力を呪うほかなかった。

3

御前を下がった左内は戸山荘石垣御門近くの星野織部の屋敷に伺候した。

「待たせた」

書院で待つことしばし、裾《すそ》をさばく音が聞こえ、織部が留紺の地味な長着姿で現れた。もともとの青白い顔が病者のように黒く沈んでいた。

家士が薄茶の盆と、一抱えもある木箱を運んできた。三人の家士を下げると、織部は表情を変えずにゆっくりと口を開いた。

「長崎でのつとめ、苦労であった。さすがは左内よ。よもやエスパニア王国が飛び出してくるとは思いもよらなんだ」

織部は表情を曇らせてわずかの間沈黙すると、左内の目を見つめてひと言ずつ言葉を発した。

「が……。時はすでに遅し……」

左内は返す言葉に窮して畳に手をついた。

梟《ふくろう》の声が石垣御門の屋根に止まっているかと思われるほどの近くで聞こえた。織部は瞑目《めいもく》しそれきり口をつぐんでしまった。胸に湧《わ》き出ずる痛恨の思いを、面に表さぬようにつとめているかのようだった。

「昨今、お上のご機嫌いかがでありましょうや」

左内は「外郎屋」での宗春の淡々とした態度が不思議だった。

「うむ……。ここのところ人を遠ざけて御座所に籠《こ》もられており、わしですらなかなかお会いできぬ。今宵は隼人正どのが出府したゆえ、酒宴を仰せ出《い》だされたが、絶えて久しい話……。そこもとを召されたは、よほどのことぞ」

苦しげな声だった。やはり、苦衷を表に出すを「野暮」と考える宗春なのだ。水魚の交わりとされた君臣の間柄ゆえに、宗春の苦しみは、織部にとっても身を切られるものに違いない。

「国許は古今無双の算盤《そろばん》武士揃《ぞろ》いだ」

織部は吐き捨てるように言った。

「田安中将の擁立話に怯《おび》えた国許の宿老たちは、殿のご隠居と引き替えに、高須の殿を御跡目にお据え申すことを左近将監に認めさせたのよ。源敬公《げんけいこう》（初代義直）さま御代の重臣ならば、天下の名古屋城を根城に公儀の軍勢を迎え撃っていたはずぞ。あの腰抜けめらは、専横な公方を倒し、幕閣に取って代わろうとする気概は持ち合わせてはおらぬ」

喉が渇いたのか、織部は薄茶を手に取った。一気に茶を喫した織部は喉を鳴らすと話を続けた。

「されど、殿がすべてを思い切られたのは、水無月九日の変事、そして今宵の上申書がためばかりではない」

織部は深い縦皺を額に寄せて、沈痛な声を出した。

「そこもとの配下を除き、国許の変事を江戸表に報じてきた者が一人もないためだ。あれから三月が経《た》つというに、殿への忠義から私信を以て急をお報《しら》せ申そうという者が、ただの一人としてない。殿は、すでに尾張には二股膏薬《ふたまたごうやく》すらおらぬ、と仰せあってな」

織部の口調は次第に怒りを隠さぬ激しいものとなってきた。

「主君を取らずして主家を取ると言えば聞こえはよいが、なに、誰もが我が身かわいさに口をつぐんでおるのよ。名古屋には大石内蔵助《おおいしくらのすけ》はおろか一人の忠臣もおらぬ……赤穂浅野《あこうあさの》の話は遠い昔ぞ」

織部は手にしていた深縹《ふかはなだ》色の扇子を手先で握り折ってしまった。

「主は一代、御家は末代……評定所で竹腰の爺めは、厚顔に言い放ったそうな。殿は心底怒っておられる。されど、仮に殿が重役らに謹慎を申しつければ、尾張に内紛が起きている事実を天下に広める羽目になる。左近将監ら幕閣はたちどころに殿に刃を向けてこよう。表向きには手が出せぬ」

言葉にあわせて振っていた先のやれた扇子を、織部は宙空で止めた。

「こと、ここに至っては、二万はおろか、二千の兵を動かすも困難」

自分の怒りの挙措に却《かえ》って熱を冷ましたか、織部は氷のような表情で決定的な言葉を口にした。

左内はうなだれるしかなかった。今日の悲劇を迎えた背景には、宗春の改革が性急で重臣らがついてこられなかったことがある。織部のような才気ある士のみを愛して重用し、開幕以来尾張を支えてきた旧功の家の臣を顧みなかったことも大きかった。

「わしは、これから、隼人正どのと図って殿のお命をお護りするにのみ力を尽くす。なに、公方は慧《さと》い男よ。殿に直に刃を向ければ、世評は沸き立つ。尾張卿謀叛《むほん》の風評が世に広まるのは公方にとっては大損じゃ。ただ、愚かなる我が殿には尾張家当主の資格なし、と難癖をつけた隠居処分となろう」

織部の声は自嘲《じちょう》的にも聞こえた。英明さでは吉宗をも凌《しの》ぐ宗春を、幕閣は天下の大たわけとして処しようとしている。たしかに、公儀が宗春を謀叛を理由として誅罰《ちゅうばつ》すれば、公儀と尾張の紛擾《ふんじょう》が世間を騒がし、吉宗の統治にひびが入るだけだった。

「そこもとは、急ぎ長崎へ下り、エスパニア王への依頼を取り消さなければならぬ。この砂金は蘭館医師への詫《わ》びだ」

織部は懐から古代裂《こだいぎれ》の巾着袋を取り出すと左内の目の前に掲げた。左内は膝行《しっこう》して両手でこれを受け取り、目の前の畳に置いた。古代裂で作られた袋は織部が棗《なつめ》入れとして珍重していたものだった。

「殿と尾張徳川家が、後世、欧羅巴《エウロパ》諸国に笑われぬように後始末をせねばならぬ。さらに、向後の肝要なるつとめは丸山町の長門屋の店を閉め、太兵衛配下と、そこもとの配下の身を落とすことぞ」

(仰せの通りだ。自分には為さねばならぬ後始末が多々とある)

重々しい織部の声に左内は身が引き締まる思いだった。失意に沈んでいる場合ではなかった。敗戦処理もまた、忍びに課せられる大切のつとめだった。

「いずれ、わしにも処断の採決が下ろう。もはや、わしには、そこもとらを護ってやる力はない。……その箱を開けて見よ」

織部は家士が持ち込んだ黒塗りの木箱をぼろぼろになった扇子で指した。左内が再び膝行して蓋《ふた》を開けてみると、両に直せば五百両はあろうかという一分判がぎっしりと詰まって行灯の炎に光っていた。

「そこなる金は殿からお預かりせしもの……。そこもとから、長崎の太兵衛らに配りおくよう。長崎の者らが落ちるに余りあると思う」

自分たち軽輩の者への思いを忘れず最後まで使い捨てない宗春は、男惚れするに値する主君に間違いなかった。

「かたじけなき……お心づかい……」

左内は喉を詰まらせて、身体を大きく折った。

「失礼ながら殿は窮鼠《きゆうそ》のお立場、よしや猫を嚙《か》むとしたら、もはや、その牙《きば》は、そこもと配下の江戸甲賀衆の他にはない。公方は寝首を掻《か》かれることを何よりも畏《おそ》れていよう。公方が送った庭方衆が必ずや襲い来るはずだ」

「もとより覚悟の上でございます」

「そこもとら、江戸御側組を畏れるのは、公方ばかりではない」

「と、仰せになりますと？」

「竹腰の爺めよ。在国の宿老連中もまた、江戸御側組の刃を畏れているはずだ。悲しいかな、朋輩である名古屋御側組の甲賀同心衆が左内らをつけ狙《ねら》おう。細心に己が身を護れ」

織部は声に険しさをのぼらせた。たしかに、公儀と名古屋の利害が一つとなった今となっては、自分たち江戸甲賀こそが最後の茨《いばら》の棘《とげ》に相違ない。

（とすると、先刻の気配は、名古屋の連中なのか？）

左内は、戸山の森に潜んでいた気配を脳裏に蘇《よみがえ》らせた。開幕以来他家との交渉を絶って、御家を守ってきた御側組甲賀十八家の同士討ちだけは避けたかった。

（いや、名古屋御側組に俺を追尾できるほどの手練《てだ》れはいまい……）

やはり、あれは錯覚だったのだろうと、左内は思い直した。

織部は表情をいくらか和らげて言葉を続けた。

「ことに、望月右衛門の娘を存分に庇護《ひご》してやれ。あの娘には忍び働きなどさせるではなかったぞ」

「はっ……」

左内には織部の言葉が例えようもなく温かなものに感じられた。忍びとして、宗春を主君と仰ぎ、上忍《じょうにん》に織部を戴《いただ》いた自分は、あまりに果報者だったと左内は胸が詰まった。

「わしはよい。殿にこれほどお引き立ていただき、若き頃は白衣《びゃくえ》（袴を着られない身分）の身に過ぎなかった者が、一度は政の策案を思弁するはおろか、天下取りの戦いの軍略を練ることとさえかなうた。殿への恩義は海よりも深い。殿の治世に殉ずるは本望ぞ」

言うだけのことを言った織部は、淡々とした表情に戻っていた。

「殿のお力で、日ノ本に王道楽土を生み出せなかったのには遺恨が残る。されど、夢を見せてもろうた。広大無辺なる夢をの……。男としてかほどの歓《よろこ》びはあるまい。生命あれば互いに処士として何処《どこ》ぞの田野で逢《あ》おうぞ。では、行け。最後のつとめを果たして参れ」

諏訪左内への最後の下命であった。

「織部さまも御健勝で」

織部と再度まみえる日は来ない。左内は、いつまでも心に留め置こうと、知謀に秀でた軍師の顔を見上げた。織部はしずかな笑みを頬に浮かべていた。

「左内……死ぬなよ」

織部はそれだけ言うと、立ち上がって襖の向こうに消えた。

――チ　タ　プ　ポ　ポン　ポポポポ

庭へ出ると、御町屋通の方角から気品ある小鼓の音が鳴り響いてきた。

(お上が鼓をお敲《たた》きあるのだ)

激しい拍子を打つにもかかわらず、鼓の音はあきらめの調子に満ちていた。

――栄華の望みも齢《よわい》の長さも　五十年の歓楽も　王位になれば是迄《これまで》なり　実《げ》に何事も一炊の夢

やがて、張りのある宗春の声が遠くに聞こえた。

(おいたわしや……『邯鄲《かんたん》』を奏し遊ばされていたか)

左内は胸の痛くなる思いで宗春の謡《うたい》を聞いた。

旅の空にある蜀《しょく》の書生盧生《ろせい》は邯鄲の里でにわか雨に会う。雨を避けて宿をとり午睡していると、楚王《そおう》の勅使が来訪する。盧生は王位に就き栄華の五十年を過ごす。ところが、起きてみると、ただ粟粥《あわがゆ》の煮える間の夢に過ぎなかった。

宗春の一炊の夢に殉じる自分を受け容れてゆかなければならぬ。左内は青く澄んだ九夜月を眺めながら唇を引き締めるのであった。

この後の宗春については、幕府の公式記録である『徳川實紀』の元文四(一七三九)年正月十二日の項に次のように記録されている。

――宗春が尾張藩主となってからは、不行跡が目立ち、政治的には混乱が続き、領民は困窮していた……尾張の藩主として宗春は不適格なので、引退して麹町《こうじまち》中屋敷に蟄居《ちっきょ》することを命ぜられた。

隠居は覚悟の上の宗春だったが、麹町中屋敷に軟禁状態にさせられる極めて厳しい処分までは予想していなかった。成瀬隼人正ら宿老も同じで、蟄居は寝耳に水だった。

「御三家筆頭にあり得べからざることでございます。源敬公さまに何とも申し訳が立ちませぬ」

涙を流してすがりついた隼人正に宗春は、ただ一言驚くべき答えを返した。

「おわり初ものと申すわな」

季節の終わりに出回る野菜などを初物のように珍重することと、藩主の蟄居は尾張に初めての珍事であるとの意をかけた言葉である。宗春はこの一言を残すと、笑ってその場を去ったという。

権力者としての終焉《しゅうえん》をこのように洒落《しゃれ》のめした人物は、洋の東西を問わず見あたらないのではあるまいか。最後の一言によって、洒脱で豪邁《ごうまい》な宗春の人柄は、後世の我々にあまりにも鮮やかな印象を残した。

尾張六十一万九千五百石は翌十三日を以て収公《しゅこう》、あらためて支藩の高須藩主松平但《たじ》馬守《まのかみ》義淳（八代徳川宗勝《むねかつ》）に与えられた。宗春への処分は厳しく、外出は一切認められず、父母の墓参りも許されなかった。

宗春は吉宗の死後、戸山の下屋敷に移ったが、明和元（一七六四）年十月八日に六十九歳で薨去《こうきょ》するまで四半世紀の間、ついぞ人前に出ることは許されなかった。

幕閣の宗春に対する憎しみは深く執拗《しつよう》だった。

蟄居から四半世紀、吉宗没後からも十数年を経ていたのにもかかわらず、その墓石にはすっぽりと金網が掛けられ続けた。

「不行跡」あるいは、「藩政の混乱を招いた」という表向きの罪状からすれば、この処分は陰湿で底意地が悪すぎる。まさに死者に鞭《むち》打つ幕閣の態度に、「宗春卿に謀叛の密計があった」との世評がたっても不思議ではなかった。

宗春が罪人の扱いを解かれ金網が撤去されて歴代藩主に列せられたのは、没後七十五年を経た天保十（一八三九）年だった。

仮に宗春が九代将軍となり国政に才覚を振るっていれば、江戸時代後期の歴史は大きく変わっていたはずである。あるいは、明治維新を待たずして、日本は近代国家への足取りを辿《たど》っていたかもしれない。

宗春の蟄居に際して、星野織部は側用人の職を解かれ、隠居させられた。その後は夢夕《むせき》と号し、寛延三（一七五〇）年五月十日没。

夢夕の雅号や則心院殿英誉覚夢道雄居士の戒名に、自らの生涯を夢の如《ごと》きものだったと振り返っていた姿が偲《しの》ばれる。

第九章　時津街道の暗闘

1

軽やかな三頭の蹄《ひづめ》の音と速駆けで地を蹴《け》る馬の背の振動が、沈む心とは裏腹に左内の身体《からだ》に鋭気を与える。長月の十七日、左内は時津《とぎつ》と長崎を結ぶ時津街道にあって、馬を急がせていた。

立待月は東の空にあって輝き、街道を海の底のように蒼《あお》く染めていた。風はほとんどなく、杉森の吐き出す芳しい香気が鼻腔《びこう》に清《すが》しい。

秋の陽は暮れ落ちてしばらく経っていた。時折、左右の森の奥から寝鳥の寝ぼけた声が聞こえるばかりで、街道には行き交う人の姿もなかった。

彼杵《そのぎ》からの船を下りた時津で購《あがな》った青鹿毛《あおかげ》は駿馬とは言い難いが、左内の手綱に従順によく応《こた》えてくれていた。

この先には街道最大の難所と呼ばれた打坂峠《うちざかとうげ》が待ってはいたが、半刻を要さずして、長崎の街に入れるはずだった。背後に続く二頭は、森島以蔵、稲垣弥一郎の両同心が手綱を取っていた。

（これが最後のつとめとなるのだ……）

左内は心に浮かぶ黒い影を振り払うように、馬に鞭《むち》を入れた。青鹿毛は軽くいななくとさらに歩みを速めた。

江戸で星野織部から受けた最後の下命は、忍びとしての自己の消滅を意味する一縷《いちる》の望みもないものだった。だが、左内は喪心しているわけにはいかなかった。むしろ、最後のつとめに力を尽くすことで、わき起こってくる虚無感を一時でも消し去ろうとしていた。

蘭船は長月の二十日までに出船する定めである。多くは期限ぎりぎりまで出島に留《とど》まり、さらに沖合で碇泊《ていはく》したまま数日を過ごすのが通例となっていた。

いずれにせよ、あと十日を経ずして蘭船は長崎を離れてしまう。ヘンドリックに託した尾張徳川家の依頼を撤回するためには、旅路を急ぐ必要があった。

ヘンドリックとの接触に加えて困難なのは、長崎にいるすべての尾張忍びを無事に落とすことだった。なにがあっても、名古屋の御土居下衆と江戸御側組の同士討ちだ

け は避けねばならなかった。

織部から預かった多額の金を甲賀者たちに渡して、太兵衛に長門屋を一日でも早く畳ませる。さらには、雪野と安保稲右衛門の身の無事を図り長崎から他所《よそ》の地へ逃さなければならなかった。

いつしか杉森は終わり右手は所々で灰色の岩肌が目立つ雑木林の急斜面となった。左手は崖《がけ》が切れ落ち木々の間から小さな渓流《けいりゅう》の白々とした月明かりを反射する水面が覗《のぞ》いていた。

街道がゆるやかな弧を描いている上り坂までくると、右手の斜面に土地の者が「継《つぎ》石坊主《いしぼんさん》」と呼ぶ奇岩が蒼い月光に照らされて異様な姿を現した。

（来たな……）

恐れていたものがついにやってきた。

左内は眉根《まゆね》を寄せて周囲に油断なく気を配った。

突如、寝鳥がいっせいに騒ぎ立った。

青鹿毛は度を失い、大きく嘶声《いななきごえ》をあげると竿立ちになって佇立《ちょりつ》してしまった。

左内は手綱を引き締めた。

だが、次の瞬間、馬は気が狂ったように暴れ始めた。

左内は波打つ馬の背に一瞬両手を添えて体重をかけると、身を宙に翻した。

背後の二頭も騒ぎ立てていた。配下の同心たちがあわてる声が聞こえた。

「以蔵、弥一郎、馬を捨てよ」

左内は地に降り立つと同時に叫んでいた。

三頭の馬はそのまま白靄《しらもや》を蹴散らして街道を走り去って行った。後には、もうもうとした馬煙が残った。

おそらくは馬の耳の付け根あたりに附子《ぶし》か何かの毒針を打ち込んだのだ。馬の気を昂《たか》ぶらせて、落馬を狙《ねら》うか、少なくとも左内たちの手綱を利かせなくする目的に違いあるまい。この敵は、毒の扱いにも長《た》けている。

が、これは敵の演舞のほんの幕開けに過ぎなかった。

馬煙が消え去ると同時に、継石坊主の頭の丸岩がぐらりと揺れた。

灰白色の丸岩は、台座の岩を離れ斜面を転がり始めた。

丸岩はめきめきと雑木林の木々を割り裂き、唸《うな》りを上げながら街道へと落ちてくる。

左手の谷間に落下音がこだました。

「お頭、大岩が転げ落ちますっ」

「燃ゆる。丸岩が火だるまになって燃ゆるわ」

左内には大岩が燃えているようには見えなかった。が、幻覚は人により異なる。いつの間にか、背後から漂ってきた白靄が左内たちを包んでいた。

これは、忍びだけが用いる蟾酥《せんそ》を燃やす煙だった。

蟾酥はヒキガエルの耳腺《じせん》分泌物を集め乾燥させた物質である。いわゆる「がまの油」だが、幻覚物質を含むので濃縮したものには幻覚作用を促す力があった。

「息を止めよ。敵の術中にはまるな」

視点を丸岩に留めたままで、左内は短く警告を発した。

呼吸はすでに止めていた。忍びであれば誰しも、常人では考えられぬほど長い間、息を詰める修練はしていた。

「月の光の届かぬ物陰に身を隠せ。決して声を立てるでないぞ」

左内は敵に届かぬ声で配下の二人に命じた。

幸い、斜面の切れ落ちたところには石垣が積んであった。左内は身を低くして石垣の陰に入った。配下の二人もこれに倣った。

背負っていた一分判の布袋を、かたわらの雑木林に放《ほう》って左内は身軽になった。

「敵は引き受けた。おのおの己が身だけを護るがよい」

待ち伏せを受け、敵の状況がわからない不利な態勢で、技の覚束《おぼつか》ない二人が下手な動きをすると、却《かえ》って足手まといになるおそれがある。以蔵と弥一郎の二人に参戦させるには頃合いを見る必要があった。

左内の技のほどを知っている敵は、怪異はすべてが幻覚と見破られることは先刻承知しているはずだ。だが、幻覚とわかっていても、人間の身体は反射的に緊張する。わずかでも注意を散逸させ、左内の技と自分の技との力の均衡を破ろうとするための術策だった。

街道に転がり落ちた大岩は、大音響とともに炸裂《さくれつ》し、四散した。

幻覚であるにもかかわらず、左内の顔には不快に土砂が爆《は》ぜた。

パラパラと地に降り注いだ土砂が無数の燐光《りんこう》となって街道のそこかしこに燃え始めた。

蒼い燐光が燃える場所には、敵はいないはずだ。この陰火はいわば陽動作戦だった。敵は必ず、燐火とは見当違いの場所から、自分の心ノ臓を手裏剣で狙っているはずだ。

(見事な術だ。これは名古屋の連中ではない。やはり戸山の御下屋敷から伊賀者たちは俺を見張っていたのだ……とすれば、あ奴が、馬手《めて》の斜面のどこかに必ずいる)

関東郡代屋敷で出会った藍墨茶の忍び装束に身を包んだ頭領の姿が、ありありと浮かんできた。

敵もまた、巧妙に身を隠している。容易にその姿は探し出せないはずだ。

2

「その手は古いぞ。伊賀の大将」

声を出すことで、左内は敵の位置を探ろうとした。

答えが返ってこなくとも、かすかな身の動きさえあれば察知できる。

だが、敵は何らの気配も見せなかった。

左内が使ったのは「阿呆声《あほうごえ》」という術だった。腹話術の一種で、本来発声している場所とは違う位置から声が聞こえていた。いま左内が発した言葉は、石垣とは街道を挟んだ反対側の松並木の陰から発声しているように聞こえたはずだ。

「街道へ出てこい。剣の技で勝負をつけよう」

再度、阿呆声で斜面の方向へ叫んだ瞬間、空を切る鈍い唸り音が四方八方から聞こえた。松の枝に無数の手裏剣が突き刺さってきらりと月光に輝いた。

案に違わず、穴のない菱形《ひしがた》の手裏剣だった。敵は伊賀忍びに間違いなかった。

相手は攻撃を仕掛けた後には、必ずこちらの様子を窺《うかが》う。

隙《すき》を縫って、左内は羽織と笠《かさ》を脱ぎ捨て、袖《そで》から出ている太い糸を引き抜いた。身体の動きを妨げる旗本の衣装の下から紗衣《しゃぎぬ》に近い薄手の忍び装束が現れた。鎖帷子《くさりかたびら》は着込んでいないので敵の剣を受けたらひとたまりもないが、その代わり存分に剣を振るえる。

手裏剣を飛ばしてくれたおかげで、敵の位置の見当がついた。

左内は刀の柄袋を外しながら、気合いを込めて両眼《りょうめ》を雑木林の中に泳がせた。

（いた……岩の左右だ）

継石坊主は何事もなかったかのように、元通りの姿で屹立《きつりつ》している。

付け根のあたりの左右に四人の男が放つ気配が感じられた。

男たちは、手裏剣から身を護るために、木々の幹に巧みに身を隠していた。

（よし……あぶり出すか）

左内は懐から巻火矢をそっと取り出して右手に構えた。

左袖に蔵した袖火の温もりを確かめる。

巻火矢は綿縄で巻きしめて圧力を高めた竹筒の中に火薬を詰めてある投擲《とうてき》火器だが、竹筒の後ろに羽根がつけてあるために遠距離の敵に効果があった。

左内の巻火矢は特製で、焔硝《えんしょう》のなかに燃えやすい魚油の霰弾《さんだん》をいくつも詰め込んであり、焼夷弾《しょういだん》としての機能を持っていた。

敵の気配まではおよそ八間（一四・四メートル）。

的を違える距離ではない。が、手元の巻火矢は掌《てのひら》に収まるほどの小ぶりの火器である《あや》ために敵を殺めるほどの能力はない。火傷《やけど》を負わせて街道にあぶり出し、剣技で勝負をつけるしかなかった。

左内は四人の気配が漂う雑木林の中ほどに狙いを定めて、巻火矢を抛《ほう》った。

風切り音を発しながらゆるい弧を描いて黒い小さな塊は斜面へと飛んだ。

鈍い炸裂音とともに、落雷があったかの如くかなり広い範囲で光が明滅した。

すぐに巻火矢の炎は木々に燃え移った。あたりは、篝火《かがりび》を焚《た》いたかのように明るくなった。

藍墨茶の忍び装束をまとった男たちが、ムササビが飛び立つにも似た姿で風を切りながら一斉に飛び出してきた。

最後に左側から姿を現した男の背中には炎が燃え移っている。

叫び声を上げながらごろごろと林の中で転げ回って火を消そうとしていた。

すかさず左内は、男たちへ向かって第二弾の巻火矢を抛った。

巻火矢は男たちの中心で炸裂した。

別の男が首尾よく火だるまになった。この男も斜面で転げ回って火を消そうとしている。

残りの二人は左内めがけて一散に斜面を駆け下りてきた。

左内は静かに鯉口《こいぐち》を切った。

威嚇の気合いを発しながら、男たちは同時に上段から左内の両脇へ向けて斬《き》り込んできた。

ふたつの白刃が月光に反射した。

左内は身体を右へひねって左の男の刀をかわし、右の男の二の胴をなぎ払った。

確かな手応えとともに肉を断つ感触が柄を通して伝わってきた。

血飛沫《ちしぶき》が左内の忍び装束の肩を汚し、男はどっという音を立てて地に倒れた。

姿勢を立て直したもう一人は、二太刀目で再び袈裟懸《けさが》けを決めようと斬り込んできた。

左内は右足を一歩踏み出し姿勢を低く保ち、逆手に持ち替えた刀の切っ先で敵の顎《あご》から脳天へ斬り上げた。

割れた顎から噴き出す血潮から左内が身を避けるのと、男が倒れ伏すのは同時だった。

（失策《しま》った……）

左内はほぞをかんだ。

この二人の剣技はあまりにも拙劣だった。以蔵や弥一郎でも地に倒れて骸《むくろ》となった二人よりは上を使うだろう。

頭領であるはずがなかった。郡代屋敷で剣は交わさなくとも、あの男の技がすぐれていることは十分に伝わってきた。大岩を転がす目眩《めくら》ましであれだけの技を見せた頭領は、必ずほかに身を隠していたはずだった。

剣が骨肉を断つ音が街道に響いた。

振り返ると五間離れたところで、弥一郎の長身が、右肩から血を噴き出して前のめりに倒れていった。

「弥一郎っ」

左内の目には、手足を強張《こわば》らせて、いかにも不器用な姿で倒れる弥一郎の姿が木偶《でく》のように映った。

弥一郎の身体が地に伏すと同時に街道に砂埃《すなぼこり》が舞った。

かたわらでは、忍び装束をまとった骨柄逞《たくま》しい大兵の男に、忍び刀を晴眼につけられてにじり寄られている以蔵の姿があった。

両者の間合いは二間。
敵が跳躍にすぐれていれば瞬時に詰められるほどだった。
「以蔵、引けっ。その男は俺が引き受けるぞ」
左内が声を限りに叫んだ。
だが、眉根に大皺を寄せ、三白眼で敵を一心に見据える以蔵の耳には入らなかった。
地を擦る足の音が聞こえたと思った刹那《せつな》、敵は風音を立てて跳んだ。
「南無三！」
以蔵の倒れる姿を恐れた左内は、信じられないものを目にした。
敵の頭領は、二間の距離を跳躍したのである。
頭領は、宙で忍び刀を逆手に持ち替え、柄頭で以蔵の胸を突いた。
敵はいったん地に足をつけると、続けざまに、以蔵の背中に回り込んだ。
以蔵を片腕で締め上げ、頸部《けいぶ》に刃を突きつけた。
（なんという技だ……これほどの身軽さは自分にはない）
左内は舌を巻いた。
以蔵は、両眼をかっと見開き、表情も四肢もこれ以上ないくらいに強張らせている。
すだれ刃紋が目立つ薄手の刃には、何かの毒が塗ってあるはずだ。

かすり傷程度に頸の皮膚を削《そ》いだだけでも、数刻後には息の根が止められるに違いない。

「ふふふ。大川端ではずいぶんと馳走《ちそう》になったな」

頭領は忍び頭巾から両眼だけを光らせて、例の金属を摺《す》り合わせるような声を発した。

「あの時の意趣返しか」

左内は感情を交えずに淡々と応えた。

敵が以蔵を人質に取ったのは、剣の腕では左内に敵《かな》わぬと見たからに相違ない。左内と真正面から立ち合うのを避け、有利な立場に自分を置いたからには、何らかの要求を持ち出してくるはずだ。これは忍び同士の駆け引きの場だった。

「忍び同士の闘いに意趣はなかろう。御下命だ。尾張殿の手足を一本一本もぎ取れとのな」

頭領は左内にも負けず淡々とした口調を選んでいた。

「いつから尾張甲賀と見抜いていたのか」

左内は会話を交わしながら、頭領の身体に隙の現れるのを待っていた。が、漲《みなぎ》る気合いと全身から放たれる強い殺気は少しも衰えなかった。

「本石町で、おぬしが剣突《けんつく》を喰《く》わせたときからな」

またも頭領の目が忍び頭巾のなかで光った。

「あの時の卵売りはお前か……」

なるほど、どじ拵《ごしら》えで現れた家鴨《あひる》の卵売りはこの男だったのだ。気づかなかった左内は、本石町では一本取られていたことになる。

「伊賀の衆は、ご苦労にも、あれから江戸と長崎を往き来したか」

伊賀者は左内たちに張りつこうと努めていたはずだった。これまで襲って来なかったところを見ると、左内たちの足どりが摑《つか》めなかったのだろう。

「いやいや、おぬしたちをもてなそうと昨日、長崎に参って待っておったところよ」

頭領はくっくっと口の中で笑ったが、少しも殺気が和らいだわけではない。

「ところで、尾張甲賀の衆よ。茶飲み話をしている場合ではなかろう。この男の命を助けたくば、剣を捨てよ」

「さぁて、それはどうかな」

左内はとぼけた声を出しながら、頭領の両眼を凝視した。やはり、左内と剣を交えたくないのだ。

もし、左内が投太刀すれば、敵は以蔵の頸を切り裂くだろうか。左内は思案をめぐらした。

いくら、「喉元に匕首《あいくち》を突きつけている」状態だとしても、敵が確実に以蔵を殺めるにはどうしても隙が生まれる。その隙に乗じて左内は手裏剣を頭領の心ノ臓へ叩《たた》き込める。

頭領も見抜いているはずだ。左内が動いたとすれば、敵はまずは以蔵の身体を突き放し、左内に向かってくる。運が悪ければ、以蔵は毒に斃《たお》れるが、こんな態勢に陥った以上はやむを得ぬ仕儀だった。

「貧すれば鈍すとは、まさにこの話よの。おぬしは配下を見捨てるか」

「忍びは心を持たぬもの。おぬしもそのことは承知のはず。また、そこなる男も忍びゆえ」

左内が淡々とした調子に戻ると、以蔵の顔に絶望の色が現れた。

「ふむ……。では、おぬしたちの長崎での忍び宿を教えて貰《もら》おうか。さすれば、この男は無事に打坂峠を越えられようぞ」

答えるはずがないことも頭領は承知しているはずだ。さまざまな条件を持ち出して敵の虎口《ここう》を脱したい心を揺さぶり、わずかな隙を生み出そうとするのは忍びの常道だった。

「阿呆《あほう》な。敵を味方の拠《よ》り所に誘《いざ》なうくらいならば、この場で両名とも斃れるわ」

「義理堅い男だのう。すでに尾張甲賀の江戸組は滅び去ったと聞いている。おぬしも、どうせ、近々忍びの道を捨てざるを得ない身ではないか。己れだけ、この場から何処へなりと立ち去ればよいではないか」

「配下の者がすべて忍びを捨てるまで、江戸の尾張甲賀は滅びぬ」

　感情の吐露ではなく決意の表白だった。頭領に対してではなく、自分自身の心に向けての言葉にほかならなかった。

「なるほどの。では、先ほどの言葉通り、ここで二人とも骸になってもらうとするか」

　言葉を発し終わると同時に、頭領は以蔵を突き放した。

　頭領の大兵の身体は七尺（二一〇センチ）近くも上方へ跳んだ。

　空中で身を翻し、頭領は右手にした忍び刀を投げ下ろしてきた。

　左内は身体をかわしながら、逆手で忍び刀を上方へ投げつけた。

　圧倒的に不利な低い位置にいる左内は、頭領の身体を狙わず、自分に向かって投げ下ろされる忍び刀を標的にした。

　空中で火花が散り、金臭い匂《にお》いが漂った。

二本の忍び刀は、誰をも傷つけずに音を立てて地に落ちた。

間髪を入れずに地表に降り立った敵に、左内は手裏剣を投げつけた。

手裏剣が掌を離れた瞬間、敵の手裏剣の風切り音が目の前で唸った。左内は身体を捻《ひね》ってかわす。

左の二の腕に強い灼熱《しやくねつ》感を覚えた。

（ついにやられたか……）

敵の手裏剣は二の腕を削いでいた。血潮が噴き出し、忍び装束の袖に広がり始めた。

だが、左内は自分の手から放たれた手裏剣に手応えを感じていた。

左内の放った手裏剣は、見事に敵の右の二の腕に打ち込まれていた。

手裏剣には附子《ぶし》と豆斑猫《まめはんみよう》の毒を混ぜた液体を塗ってある。

半刻もすれば、頭領はこの世から消えるはずだ。

その刹那、以蔵が頭領の背後から刀を振り下ろそうとしていた。

「よせっ。以蔵っ」

だが、左内の叫びも空しく、以蔵の眉間には菱形の手裏剣が突き刺さった。

虚空を摑んで両手をばたつかせながら、以蔵は仰向けに地に倒れた。

頭領が傷口を押さえながら、ふらふらと渓流のほうへ降りてゆくのが目の端に映った。左内は肩で大きく息をつき、小柄《こづか》で傷口をえぐる。次いで、袖火を取り出すと蓋を開けて中の炭団《たどん》を傷口に宛《あて》がった。

音を立てて肉は焦げ、嫌な匂いが鼻を衝いた。

浅手だったが、生命を奪う危険は毒にあった。敵の毒の作用を少しでも抑えるにはこの方法しかなかった。

（毒と闘うために、身を隠す場所を探さねばならぬ）

すぐにひどい眩暈と吐き気が襲ってきた。気が遠くなりながらも、左内は傷ついた獣さながら、街道を長崎の方角へさ迷い歩き始めた。

やがて、右の斜面が緩やかになり、格好の竹林が見つかった。

左内は竹林の中の少し開けた空間に身を委《ゆだ》ねるとうつ伏せに地に伏した。忍びはみな、うつ伏せには五つの得があり、仰向けには五つの損があると考えていた。

梟《ふくろう》がどこかでほうと鳴くのを聞いて、左内はまだ、自分に意識があることに安堵《あんど》した。

気を転《まろ》めば、次の敵の襲撃に応戦しようがない。

毒を受けた頭領は襲って来ないはずだが、ほかに伊賀者が残っていないとは断言できなかった。

だが、目の前の竹木がぼやけ、視野が狭窄《きょうさく》して左内の意識は遠のいていった。

ぽつりと顔に水滴があたった。

左内が目を開くと、気づかぬうちに横向けになっていた。竹の葉に付着した雫が落ちてきたのであろう。

どれほど、時が経ったのだろう。月は南の空にさしかかろうとしていた。

(まだまだ命数があると見ゆる……)

左内は起き上がろうとして、身体が鉛のように重いことに気づいた。左腕がまるきりしびれていた。

(俺の身体は木偶になってしまったか)

重い心と身体を引きずるようにして左内は時津街道へと這《は》い上った。

(放り出した一分判を回収せねばならぬ)

左内は闘いが始まった石垣のあたりへ向かって走り始めた。

3

石垣を洗う波の音が上外科医部屋に響いていた。深更、子《ね》の下刻(午前零時半頃)とあって、出島商館はひっそりと静まりかえっていた。

「Muchas gracias（どうもありがとう）」

ビーノを注ぎ足してくれたラファエルに、雪野はようやく覚え始めたエスパニアの言葉で礼を言った。ほかの者がそばにいるときには決して使えないエスパニアの言葉であった。

「De nada（どう致しまして）」

ラファエルは微笑《ほほえ》みながら、そっと肩に手をかけ、羽織の背中から雪野を抱きしめた。

雪野はいま、人にほんとうに愛される歓《よろこ》びを識《し》った。

だが、ラファエルの自分への想いがどんなに確かなものであったとしても、所詮《しょせん》は長月二十日までの短い夢に過ぎない。

雪野は努めて、砂楼の宴が果つる日を忘れようとした。

少し欠けた月が雲間から姿を現した。窓の外、五町（五四五メートル）ほどの沖合には、水無月四日に入港してきた三本マストの蘭船が停泊していた。

右舷《うげん》十数か所に点《とも》された鬼灯《ほおずき》にも似た洋灯《ランパラ》がさざ波に鱗《うろこ》のような輝きを見せていた。

あの海に浮かぶ城は、あと数日もすれば、ラファエルを乗せて海の彼方《かなた》へと旅立ってしまうのだ。

「なにを見ていますか?」

ラファエルが耳元で訊《き》いた。雪野との日々で、ラファエルの和語は見違えるほど巧みになっていた。

「いえ……何も……」

雪野は蘭船から視線を逸《そ》らすとラファエルから身を離した。

「エンクハイゼン号ですか……」

濃紅の酒を満たした透明な酒器を脇机の上から手にすると、ラファエルは声を落とした。蘭船が錨《いかり》を上げる日がラファエルを苦しめていないはずはなかった。

「ラファエルさま。カリブという南海で乗っていたのは、あのように大きな船なのかえ」

舌の先でビーノの渋みを味わって一呼吸置くと、雪野は明るい声で話を逸らした。

「もっとずっと大きいです。あの船の倍くらい」

「あのような大きな船にいつの日にか乗ってみたいものじゃ……」

「マニラに行けば、エスパーニャの船います。ユキノを乗せよう」

ラファエルの顔は、光が差したようにぱっと明るくなった。無邪気に弾む声が響いた。

蘭船の雄々しい影につられて何気なく口にした言葉を雪野は悔いた。かなうことのない徒《いたず》らな夢を言の葉に出す愚かさは、二人の心を傷めるばかりだった。

「あの船で、ジャカルタへいこう。そしてマニラから快速艦《フラガータ》で新大陸《インディアス》を回ってカディスへいくのです。そう。わたしのふるさとアンダルシアへ！」

幾たびか聞いた「アンダルシア」という地名が上外科医部屋に強く響いた。ラファエルの白い頬《ほお》はすっかり上気していた。

（もし……）

うっすらと汗のにじんだラファエルの額を眺めながら、雪野は考える。

（もし、このお腹《なか》に嬰児《やや》が宿っていれば……つとめを捨て去れるだろうか……）

だが、そのような兆しはなかった。いや、ラファエルの子を宿していたとすれば、いまの苦しみは増すばかりであろう。

「大丈夫です。あの船の船長《カピタン》、わたしの友人です。きっと、なんとかしてくれる」

ラファエルは、雪野の沈んだ表情などお構いなしに、床の上で踊るように足踏みした。

「無理を仰せあるな。わたくしはつとめから逃れられませぬ」

雪野はラファエルの昂奮《こうふん》を鎮めるように静かな声でいなした。

「でも、ユキノ！　このままでは二人は別れるしかないのです！」

ラファエルは全身をわななかせて叫んだ。

（そうなのじゃ、お前さまとは永遠《とわ》にお別れせねばなりませぬ。それが二人が出会《でお》うた時よりの定め）

つとめのためとはいえ、自分がラファエルに与えてきた歓びはことごとく罪深いものに違いなかった。

雪野がどんなに想っていても、ラファエルの愛に応《こた》えることはできない。忍びの雪野は、どんなに強く願ったとしても、決してラファエルと添い遂げるわけにはいかないのだ。

出島での日々を思い返すと、雪野の心は居たたまれぬ気持ちでいっぱいになった。

雪野の唇は苦しみに震えた。

その時、上外科医部屋の扉をコツコツと叩《たた》く音が聞こえた。

（『水調子』の相の手……）

雪野は背中から水を浴びせられた気持ちになった。いまの心の昂《たか》ぶりを、離れたところから左内が見透かしてやって来た錯覚にとらわれた。

「医者どの、満汐。ここを開けられよ」

あわてて扉を開けると、忍び装束に身を包んだ左内が、稲右衛門とともに立っていた。

「左内どの。どうなされたのじゃ」

雪野は思わず叫び声を上げた。左内の顔面には細かい傷跡が一面に残されていた。

「公儀の手の者に襲われた……配下の者が二人生命を落とした」

左内は左足を引きずるようにして部屋の中に入ってきた。左の半身が利かないようで、だらっと下ろされた左腕が痛々しかった。

「そのお身体は……」

「半身が言うことを利かぬ。伊賀の毒にやられた」

「ともあれ、中へお入りなされ」

雪野は震えながら、左内たちを請じ入れた。振り返るとラファエルは強《こわ》ばった表情で戸口のほうを見ていた。

「――これは最初におびただしく出血し、その後、だいぶ腫《は》れましたね。いまはしびれて自分の腕ではないような感覚でしょう。そう、はっきりとはわかりませんが、ビボラ（クサリヘビ）という蛇の毒に似ている」

ラファエルは医師らしい表情を見せながら、左内の左の二の腕を自分の手でつまんで動かしながら言った。毒を受けた刀創は赤く爛《ただ》れ、打ち身に似た紫斑《しはん》が何か所にもできていた。雪野は己が身に毒を受けたかのように息が苦しくなった。

左内は稲右衛門が訳すラファエルの診立てをおとなしく聞くと頭を下げた。

「お診立てお見事でござる。拙者も、敵は蛇毒を用いたものと思うており申した」

「——時が経《た》てば少しは力が戻ってくるでしょう。ただ……」

ラファエルは言葉を切って目をつむると頭を左右に軽く振った。

「——元に戻るとは……残念ながらわたしには保証できません。身体をなるべく温めたほうがよいように思われます」

「かたじけのうござった」

袖《そで》を入れながら、礼を言う患者左内の声は重苦しく沈んでいた。

左内は形《なり》をあらためると、尾張徳川家の使者としての顔に戻った。

「ヘンドリックどの。今宵は、肝心なことを申し上げに参った」

改まった左内の調子に、ラファエルは小首を傾《かし》げた。

「尾張徳川家からの貴殿への依頼は白紙に戻していただきたい」

「左内どの……。それは……」

雪野は思わず口に出た言葉を呑《の》み込んだ。まずは、左内の使者としての口上が先だった。

（すべては終わったのだ……）

部屋に入って来たときの左内の様子から、雪野はある程度この言葉を予期していた。だが、実際に左内の口から大計の蹉跌《さてつ》を聞かされると、驚きよりも深い虚脱感が襲ってきた。

「公儀の策謀によって我が殿は、すでに手足をもぎ取られたも同然でござる。折角、エスパニアの軍船を派して頂いたとしても、これに呼応できる軍勢が足りぬ。我が殿はあらゆる思いを断たれたのでござる」

心情を顔色にも声音にものぼらせずに、左内は言った。ラファエルは稲右衛門の通弁を聞くと、青白い顔に驚きの表情を浮かべた後、眉間《みけん》に皺《しわ》を寄せてしばらく瞑目《めいもく》していた。

「医師どのには誠に申し訳のない次第だが、もはや、殿にも我らにも採るべき術《すべ》はござらぬ」

自由の利く左内の右手がかすかに震えているのは、悔しさか怒りのためなのか。しばし経って、ラファエルがゆっくりと口を開いた。

「――尾張卿はわたしをサムライとして遇してくれた。わたしは、彼の君が考える御国造りのために力を尽くす所存でした。尾張卿の力が失われたと聞き残念でなりません」

「今般の件で貴殿にお心を砕いて頂いたことへの、これは主人尾張中納言さまからの謝礼でござる。とても一万両には及ばぬが」

左内は稲右衛門の通語が終わると、古代裂《こだいぎれ》で作られた緑地梅花文錦の袋を渡した。

ラファエルは巾着《きんちゃく》になった袋の口を開けて、中身をざっと確かめた。

「――おお、これは」

砂金がアラニャ（シャンデリア）の光に輝いた。袋の大きさから推して金高に直して五十両近くにはあたる量だった。

「――深く感謝していたと尾張卿にお伝え下さい」

「遺憾《いかん》ながら、拙者どもはもはや、殿にお目通りすることはかなわぬ。我らは近々、尾張家家臣としての身分すら失うからである」

左内は言葉の調子を落とした。かつて、この部屋を訪れた夜とはなんという違いか。あの晩の左内は、主君宗春が八州に覇を唱えるを信じて、全身、これ気概に満ちてラファエルと話していた。尾張家と尾張甲賀の輝ける前途を夢見て、どんな苦難にも耐え得る雄々しい姿を見せていた。

「ついては、ここなる満汐を今宵限りで引き取らせていただきたい」

（ああ、やむを得ぬ定めとは言え、ついにこの日が来てしまった……）

雪野を深いあきらめが襲った。が、左内が重々しく言ったこの言葉が通弁されたとたん、ラファエルの顔色がはっきりと変わった。

「——ミチィオはわたしの妻です！」

ラファエルはまぶたを痙攣《けいれん》させて短く叫ぶと、卓子を拳《こぶし》でどんと叩いた。卓子の上に置かれていた玻璃《はり》の酒器ががちゃりと鳴った。ラファエルの瞳《ひとみ》には青白い光が宿り、怨《うら》みの色に満ちていた。

（このお方はこんなにもわたくしを想うて下さるのか）

「失礼ながら、ヘンドリックどの。貴殿はこの長月のうちにも長崎を離れる身。咬𠺕吧《ジャガタラ》まで満汐を伴うて行くことはかなうまい」

左内はラファエルの鳶色《とびいろ》の瞳を強い視線で見つめ、理責めで追い詰めてゆく。百も承知の話なのに、雪野には左内の言葉がひどくむごいものに感じられた。

「——そ、それは……」

「蘭船の出る二十日まで、満汐を出島に留め置けば、幕閣の手が伸びて来ぬとも限らぬ。また、名古屋の甲賀衆や、公儀の伊賀衆が密《ひそ》かに刺客を送り込むかもしれぬ。いずれにせよ、今宵のうちに満汐を出島から連れ出さなければならぬのだ。長門屋は明日にも潰《つぶ》さねばならぬ。満汐の帰るところは長崎から消ゆる。向後、身の振り方の方途がつくまで、拙者が満汐を匿《かくま》う所存でござる」

ラファエルは、再び卓子を叩いた。立ち上がると、獣のように吠《ほ》えるや、突然、椅《い》子《す》の後ろにあった柱に額を打ちつけ始めた。家鳴りがするほどの打撃音が閑寂な上外科医部屋に響き渡った。

「ラファエル、おやめなされ！」

すがりつこうとする雪野を突き放して、ラファエルは頭を柱に打ち続けた。

左内と稲右衛門は、ラファエルを後ろから抱きかかえ、この自傷的な行為をやめさせようとした。

次の刹那《せつな》、あり得ぬことが起こった。

左内ともあろう者が、いとも容易《たやす》く突き飛ばされてしまった。左内の身体はラファエルの腕の力を受けて三尺（九〇センチ）ほど吹っ飛び、床に転がった。

不落の城砦《じょうさい》と信じていたものが、春の陽炎《かげろう》の中に霞《かす》む蜃気楼《しんきろう》の如《ごと》く脆《もろ》くも消え去ろうとしていた。左内も、主君宗春の力も……。

（左内どのが、これほどまでに傷ついていたとは！）

立ち上がった左内の目には、淋《さび》しげな色が浮かんでいた。弱った左内の姿に、雪野の心には苦しいほどの不憫《ふびん》な想いが湧《わ》き上がってきた。

稲右衛門一人の力では大柄のラファエルを押さえつけるのは難しそうだった。だが、激していた感情がおさまったのか、ラファエルはがくりとうな垂れて全身から力を抜いた。

雪野は、床に座り込んだラファエルの背中にひしと抱きついて首に手を回し肩に顔を載せた。ラファエルは振り返って雪野を厚い胸に抱きしめた。

「あなたさまと睦《むつ》むをつとめにしなければならなかったのは、とてもとても辛《つろ》うございました……」

雪野はラファエルの胸に顔を埋めたまま、やさしい声音で言った。

「されど、わたくしは甲賀者。つとめに戻らねばなりませぬ」

雪野はラファエルから身を離すと、張り裂けそうな心を抑えつけて、あえて冷たい表情をつくった。

「――神よ。なぜ、わたしに愛を与えてくれぬのですか。なぜ、わたしの愛は引き裂かれるのですか。わたしはそれほど罪深い者なのでしょうか」

雪野の言葉を聞いたラファエルは大粒の涙をぽろぽろと零《こぼ》し始めた。

真実の愛を自分に注いだ唯一の男から、雪野は永劫《えいごう》に目を背けるしかなかった。

(宴は終わったのじゃ。これからは、傷つき、弱った左内どののお世話をするが、雪野の最後のつとめ)

左内とともに生きてゆく。そんな力ある明日は描けようはずもなかった。すべての後ろ盾を失った以上、江戸の御側組は早晩、公儀か名古屋の手で抹殺される運命だった。

もはや、自分にもこの地上に生きてゆける場所はない。これからの日々はただ、左内の不自由な明け暮れを扶《たす》けるために費やすのみだった。雪野は左内とともに死ぬ覚悟をはっきりと持った。

「されば、ヘンドリックどのが長崎を離れる折には、拙者の貴き宝をお贈り申そう。蘭船が港外に留まる晩、さよう、下弦の月の晩にはお届け申す。その日まで己が生命が続かばの話ではござるが……」

とつぜん、左内は奇妙なことを言い出した。言葉の意味が雪野にはつかめなかった。

ラファエルは振り向くと真剣な表情で左内を見つめると、何かしら思いついたようにうなずいた。

いつの間にか、屋根にあたる雨の音が聞こえてきた。遠い沖合から海鳴りが響いていた。海浪があまり高くならないうちに、出島を離れなければならなかった。

第十章　闇夜の羽衣

1

「夕烏《ゆうがらす》も静まったようだな」

　藁《わら》ござに伏したまま、左内は煤《すす》けた梁《はり》を見上げていた。

　夕陽が、角力灘《すもうなだ》のさざ波の彼方《かなた》に沈んで半刻（約一時間）は過ぎていた。鳴崎《なるさき》近い崖上《がけうえ》の苫屋《とまや》は漆黒の闇《やみ》に包まれ、小屋まわりの竹林と森には角力灘から押し寄せる波が断崖《だんがい》を洗う音だけが響き続けた。

　四間（七・二メートル）四方ばかり、同じくらいの屋根がけの作事場を持つのみの朽ちかけた苫屋は、里人が木挽《こび》きでもしていた処《ところ》かと思われる。長らく人の入った気配はなかった。

「夕映えの海がよほど美しかったか、あれほどに浮かれておりましたが、いつの間にやら、すっかり」

地味な黒橡色《くろつるばみいろ》の小紋をまとって柱にもたれていた雪野は、長年連れ添った古女房のような調子で答えた。

（わずか五日ばかりの晩を過ごしただけと言うに女とは不思議な生き物よ……）

左内が左手に力を込めると、五個の鬼胡桃《おにぐるみ》がすれ合う音が板壁にかしゃかしゃと響いた。しびれた左掌《ひだりて》の握力は一向に戻ってはくれない。そればかりか、左の腕そのものが鉄棒を埋め込まれたように重く、油の切れた絡繰《からくり》仕掛け同様、すっかりなまくらになっていた。

時津街道で伊賀手裏剣を受けてから六日経《た》ったが、毒に蝕《むしば》まれた左半身は少しもよくはなっていなかった。

この腕に力が戻らなければ、雪野の身を懸念のない土地に移してやることはできなかった。左内の庇護《ひご》なしで雪野と稲右衛門だけを鍋島領や細川領に出すのは、あまりに危険だった。

稲右衛門は磯辺の小屋に一人寝起きしている。夜が明けたら、稲右衛門を船頭役に、小舟を出して漁でもしようか。いや、それはかなうまい。舟を出せば、人から見られる危険はあまりにも大きい。

「日々鹿肉《しし》ばかりで飽いたろう」

「何を言われます。雪野にとっては左内どのと囲む膳《ぜん》ほど美味なものはございませぬ」

「今宵の月の出は昨夜より半刻も遅い。そなたは休んでおれ」

自分の心のなかに生まれた感情を振り払おうとして、左内はとりわけて乾いた声を出した。

月の出を待つ今の刻限が最も危険だった。よほどのことがない限り忍びは昼に襲ってはこない。いくら多勢に無勢とはいえ敵は左内の腕を十分に知っているはずだ。月が明るければ、必ず月の出る前に、この小屋を攻めてこよう。

二人はこの苫屋に身を隠してから、夜の帳《とばり》が降りてからは眠ることはできない日々が続いていた。毎日少しずつ月の出が遅くなっている。緊張を強いられる真の闇は、日に日に長くなっていた。

「いえ、こうしてお前さまと夜を過ごしておる時が、何よりの冥利《みようり》。午睡から目覚めたときも、もし己身《このみ》が、ただの杣人《そまびと》の女房だったら、どんなによいかと、いつも思うておりまする」

雪野は、童女のようなはにかみを浮かべた。

「ばかな……」

左内は苦い声を出した。自分に未来はないのだ。雪野の身を護《まも》るためには、敵の目の届かないところに落とした末、自分が消えるしかなかった。

伊賀者と名古屋尾張双方から狙《ねら》われる標的の左内が傍《そば》にいたのでは、生命がいくつあっても足りない。太兵衛に宗春から下賜された金を渡し、長門屋の忍びたちはすでに各地へ散っている。後事は頼りない稲右衛門に託すしかなかった。

（明日の晩は弦月《げんげつ》か……）

左内は今日まで生き延びた幸いを思った。だが、いつまで続く運気かはわからなかった。

「雪野とともにおれるのは、長崎を出るまでだ……それに」

（そなたが想うのはあの蘭人ではないか）

左内は言葉を呑《の》んだ。二度とまみえることが難しいヘンドリックの名を出すのは、雪野には酷に過ぎた。

「それに？」

雪野は不思議なほど明るい顔で左内の言葉をなぞった。

「何でもない」

「可笑《おか》しなお方さま……」

唇を閉じた雪野の喉《のど》がこくりと鳴った。

衣《きぬ》ずれの音が聞こえ、白い細面が近づいてくる。

百合《ゆり》の香にも似た芳しく熱い吐息が左内の鼻腔《びこう》をくすぐった。

「待て、雪野」

左内は短く牽制《けんせい》の言葉を吐いた。闇が消え、もっとも危険な時が去るまでの間は、あるゆる気配を摑《つか》むために五感を使っていなければならない。

「今のわたくしはお前さまにおすがり申すしかございませぬ。それが忍びの途《みち》と悟ってはおりますが、寵《ちょう》を頂いても、心ならずも離れなければならぬ。折角ヘンドリックさまの寵を頂いても、心ならずも離れなければならぬ。されば、命数尽きるまで泡沫《うたかた》の歓《よろこ》びに生きたい」

身悶《みもだ》えしながら、雪野は伏したままの左内の上体に覆い被《かぶ》さってきた。

「左内どのの胸の中で死ぬるのであれば本望じゃ」

雪野の温《ぬく》もりに心地よさを覚えて、左内は身を横たえたままでいた。

その時、左内の全身は粟立《あわだ》った。苫屋を囲む竹林と照葉樹の森に響く潮騒のざわめきがかすかな変化を見せたのだ。

枚《ばい》を銜《ふく》んではいるが、何者かが近づく足音に間違いない。

稲右衛門は夜にはやって来ない。夜分、この屋を訪《おとの》う者は、二人にとって閻魔《えんま》の使いのほかにはなかった。

2

「雪野、下がっておれ」

左内は一瞬全身を強《こわ》ばらせると、雪野の身体を自分から離して、上体を起こした。

「とうとう……」

雪野の顔から瞬時に血の気が引いた。濡《ぬ》れた唇が小さく震えていた。白い歯がかちかちと鳴った。

「ああ。いよいよ観念しなければならぬときが来たようだな」

（一人、二人、三人……）

左内のきたえた耳は潮騒の中から十人の足音を聞き分けていた。

「お城の衆でございましょうか」

雪野はかすれた声で訊《き》いた。甲賀の同士討ちは最悪の筋書きだった。

「いや、伊賀の連中だろう。名古屋がこの場所を、こんなに早く探り当てるとは思えぬ」

自分が闘うのは、公儀の伊賀者であって欲しい……。左内は心底願った。

「雨が降らなんだのは、多少なりとも長く生きよとの天の声なるかな」

もし、豪雨であれば、火術で迎え撃とうとする左内の目論見《もくろみ》は大きく外れる。夕烏の浮かれぶりは、天が少しでも自分に加勢している証《あか》しに思えた。

(が、勝機とは呼べぬ。掉尾《おわり》の闘いを華々しく飾るだけのことだ)

万に一つも、この場から二人が無事に抜け出す途はなかった。

「よいな。お前の亡骸《なきがら》を敵に見せたくはない」

「覚悟はできております」

すでに血の気を失った雪野だったが、身の震えはおさまり、瞳《ひとみ》には毅然《きぜん》とした光が輝いていた。全身に左内の最後の下命を果たそうとの心構えが漲《みなぎ》っていた。

「はなむけに『樂飛天《がくひてん》』を頼むぞ」

甲賀に伝わる笛の秘曲であった。複雑な韻律は聴く者の感覚を惑わすように作られていた。幼い頃から耳に馴染《なじ》んでいる左内たちにとっては何でもないが、初めて聴く者にとっては、行動の大きな妨げになるはずだ。

「すべては仰せのままに」

額に縦皺《たてじわ》を寄せ、まなじりを決してうなずいた雪野は、涙を懸命に堪《こら》えているように見えた。

「お前はよい忍びに育った。俺にとっては、世に二人とない女だ。この苫屋での日々は、あの世でも忘れぬぞ、雪野」

左内は口元に笑みを浮かべると、大屋根から一本下がっている紐《ひも》を静かに引いた。この時のために屋根には出口を切ってある。梁《はり》の上に星空が見えた。

「左内どの……」

雪野を軽く抱きしめると、左内は両手を細作りの肩において、穏やかに言った。

「後生でまた逢《あ》おうと約したいが、俺は自分の来世を信じぬ。この身はただ、修羅に墜《お》ちるまでよ」

雪野の瞳から、澄んだ涙が溢《あふ》れ出た。左内は、雪野の肩から手を離し急いで身を翻した。

「さらばだ雪野……」

星空を見上げ宙に言葉を残したまま、左内は屋根上に跳躍した。

左内は草屋根の上に腹這《はらば》いになった。

角力灘に切れ落ちた兌《だ》（真西）向きの断崖上に建つ苫屋の屋根には、東風がさやかに吹いていた。頬《ほお》にあたる陸風は、すでに晩秋の清涼さを帯びていた。

まずはあたりの気を読み、闘いの行く末を占う。

（風が強くならねばよいが）

東の微風は左内の計略にとっては幸いだった。だが、風下にいる自分は、風が強くなれば不利な状況に追い込まれる。

見上げれば、艮《こん》（北東）寄りの空には北斗が冴《さ》え冴《ざ》えと輝いていた。

（おお、鬼門《うしとら》に北斗星君がおわす。これは幸先がよいな）

忍術に大きな影響を与えた道教では、北斗七星を神格化し、死を司る神として尊崇する。

北斗星君は、閻魔と同じく、人の死に際して今世の行いを調べ、冥界での行き先を決めるとされていた。氷のように透き通った衣に身を包む老人の姿を持つという。

艮は、角力灘の方角を向いて身を隠しているはずの敵からは見えない方角だった。最後の闘いの場で、鬼門を死神が護っていることに、左内は不思議に愉快を覚えた。

（必ずや、北斗星君は時の氏神となってくれよう）

常人ならば不吉を覚える死神だが、左内にとってはこの上ない味方に思われた。左内はすでに死兵となっていた。死すと決めて闘う者ほど強い存在はない。

左内は目の前に広がる空間を見やった。

苫屋のまわりには、照葉樹の森を背後にして、小さな寺の境内ほどの草原があった。苫屋を捨てた百姓が開墾した畑の跡だった。およそ、一段《いったん》。十六間（二八・八メートル）四方ほどの空間から敵は攻め寄せてくる。

手練《てだ》れなら十分に手裏剣の届く距離だが、遠いだけに、殺傷能力は低い。弓矢などの飛道具を使って攻め寄せてくる可能性は十分に考えられた。

星明かりはあるものの、目を凝らして草原を見渡しても敵の姿は眼《め》に映らなかった。

樫《かし》の森を進む十人の足音は聞こえたが、森が切れて草原に接する際のあたりで動きを止め、おのおの隠形《おんぎょう》の術を使っているようだった。

（伊賀であってくれ……）

左内はゆっくりと目を閉じて、聴覚をこれ以上ないくらいに研ぎ澄ました。

背後で聞こえる潮騒の中で寝ぼけ鷺《さぎ》がひと声鳴きながら羽ばたいていった。

眼前の森の木の葉が、東風にやわらかくそよぎを見せてざわめく。

左内は、自然の作るさまざまな音の中から人間の発する生理音を聞き分けようとした。刺客たちが動きを止めている今、僅《わず》かな息づかいを感じ取るよりほかに敵の位置を知る術はなかった。

（いた……）

聴覚が何人かの呼吸の音を捉《とら》えると同時に、森の闇の中からいくつもの影法師の気配が黒々と浮き上がってきた。

ひとたび聴覚によって対象を認識すると、視覚もこれを容易に認識できる。

絶え間なく吹く海風に枝を曲げられて育った姥目樫《うばめがし》の幹に、骨柄の逞《たくま》しい男たちが巧みに身を隠しているのがはっきりと見えてきた。

もし漫然と草原に歩み出れば、即座に十本の手裏剣が飛び、左内の身はたちどころに針刺しの如《ごと》くなる。

一番左の端に大人が三人ほど手を繋《つな》いで囲めるくらいの太さを持つ大樟《おおぐす》の老木が、潮風に耐えて立っていた。樹皮に同化するようにして根元に立つ大兵の男の姿に、左内の目は釘《くぎ》づけになった。

人並み外れて頑健な肩の線は見忘れるものではなかった。

（あ奴め、生きておったか）

紛れもない。時津街道で右腕に手裏剣を馳走《ちそう》した伊賀者の頭領だった。あの毒に勝つとは、並々ならぬ屈強さと精気の強さを併せ持つ男に違いない。

（甲賀の同士討ちにならぬのは幸いだが、あの男がいるとなると、長くは保《も》たぬな。

よくて四半刻か)

左内は、改めて全身が引き締まるのを覚えた。

頭領がいるからこそ、伊賀者たちは一挙に攻めて来ないのだ。あの男なら、すでに左内が、どこからか自分たちを狙っていると気づいているはずだった。

左内には地の利があった。苫屋で過ごす間に、できる限りの迎撃の準備は整えてある。

この闘いは敵にとってはいわば城攻めであり、左内にとっては籠城戦《ろうじょうせん》だった。あの頭領が、うかつに身を隠せない草原に歩み出るとは思えなかった。

しかし、このまま睨《にら》めっこの状態が続くはずはない。いずれ月の出が来る。敵は、すべてを片づけた後、月のない闇の深いうちに消えたいはずだった。

(しびれを切らすのは直《じ》きだな)

ひゅうという闇を引き裂く音とともに、闇の森から赤い煙草《たばこ》の火のような小さな火種が弓なりに宙に上がった。

(その手で来たか)

次の瞬間、左内は音もなく、小屋前の地表に降り立った。

扉を背にして隠形の術を使っていた。

敵は自分の姿を求めて小屋の屋根を探しているはずだった。

甘い火縄の匂《にお》いが漂った。火種は空中で炸裂《さくれつ》し、あたりは人の顔がわかるくらいに明るくなった。

敵の背後の森では、烏たちが驚いてぎえーっという悲鳴を上げながら、飛び立っていった。

左内には敵の使った飛道具がわかった。

尾張甲賀にも「照火矢《てらしびや》」という名の同じような火器がある。これは、矢の先に火縄をつけた炸薬を仕込み、空中で爆発すると傘《かさ》が開いて、芯材の別の玉薬に点火する仕掛けだった。傘が風に乗って漂うしばらくの間、芯材が燃え続けてあたりを照らす照明弾の一種だった。

(さて、こちらも達陀《だったん》の火祭りを始めようぞ)

森との際近く、草原を挟む二本の木からは、暖簾《のれん》形の火器が吊《つる》してあった。焰硝《えんしょう》をたっぷりと含ませた藁縄には油煙を真っ黒に塗り込み闇に溶けるようにしてある。

「玉簾《たますだれ》の術」という左内の工夫は、いわば仕掛け花火だった。

左内は笈《おい》の中から抛《ほう》り火矢を取り出した。

袖火からすばやく点火すると森に向かって投げた。

敵の眼前で抛り火矢は爆発し、仕掛け花火に火がついた。

達陀、すなわち東大寺二月堂修二会の「お水取り」にも似た地獄の火祭りが始まった。

伊賀者たちの足下あたりで目の覚めるような炎が散りはじけた瞬間、草原から轟音《ごうおん》とともに火柱が上がった。

一本、二本、三本……あわせて五本の火柱に伊賀者たちは次々に呑み込まれていった。三人の男の身体が悲鳴とともに宙に舞った。

これは「埋火《うずめび》」という火器のなせる技だった。玉薬を仕込んだ小さな平たい陶製の器を地中浅くに埋めてある。つまりは地雷だった。

信管を持たぬ火器ゆえ、遠距離から点火するには工夫が必要だった。左内が玉簾の術を編み出したのは、このためだった。

埋火の直撃を受けた一人の影が四方に散った。

業火に燃える草原の壮絶さとは裏腹に、苫屋から雅やかな澄んだ笛の音が響き始めた。

雪野の手になる『樂飛天』だった。

奏法そのものは尾張徳川家お抱えの藤田流によるが、呂、呂ノ中と静かに始まった

『樂飛天』は、すぐに隠された「狂い拍子」へと移った。

空中に漂っていた照火矢の炎はすでに消えていたが、抛り火矢を使ったために左内は敵に自分の位置を教えたことになる。

ばらばらと草原に歩み出た敵は闇の中を烏天狗《からすてんぐ》が踊るように跳んだ。

びゅっびゅっと矢をつがえる弓の音が響いた。

空気を切り裂いて次々に弓が飛んで来た。

火矢でないとすれば毒弓に間違いがなかった。

右へ左へと身を翻して左内は矢から逃げ続けた。

『樂飛天』に甲賀の先人が込めた技が効いているのか、敵の狙《ねら》いは狂いがちだった。

左肘《ひじ》を一本の弓が掠《かす》ったが、着込んでいる鎖帷子《くさりかたびら》が弾《はじ》いてくれた。

左内は笈から懐に移した抛り火矢を次々に敵に投げつけた。

草原に轟音が響いた。

焔硝の燃ゆる匂いが広がるとともに白煙が舞う。

横走りに近づいてきた一人の敵の影に抛り火矢がもろに当たった。

一本の脚が飛んで地に落ちるどさっという音が響いた。

血潮の匂いが風に乗って迫ってきた。

左内は背後に回られないように注意を払い、草原の中ほど近くまで歩み出た。

生き残った敵は半分。自分を囲む弧が小さくなっていた。

笈から懐に移した抛り火矢は、ついにただ一つとなった。

（まだか……まだ、聞こえぬか）

笛の韻律が変わって、甲高いヒシギの音になる時を左内はひたすらに待っていた。

能楽ではヒシギは、幽霊や神といった幽玄の世界の住人の登場する場面で使われた。

笛の音が渡り拍子に変った。

半上げのヒシギがひーっと長く尾を引き闇を破って鳴り響いた。

二度と会えないところへ旅立つ雪野の合図だった。

（よしっ、よくやった。雪野）

左内は懐から拳大の丸い球を取りだした。「暗薬《あんやく》」という煙幕玉だった。

焔硝を含ませた火縄に火をつけ、五人の敵が迫るところへ投げ落とし、呼吸を整えると、左内は懐からおもむろに最後の抛り火矢を取りだして火をつけた。

黒い空に赤い火種が弧を描いて飛んだ。

狙いは違わず、抛り火矢は、草屋根の開口部から苫屋の中に落ちた。

左内は身をかがめた。

目の前に落雷したように視界は赤一色で塞《ふさ》がれた。

地の底を揺るがす轟音が響き、苫屋は跡形もなく吹き飛んでいた。

振り返ると、煙幕が消え落ちた草原に、手に手に半弓で狙いを定めた四人の伊賀者の姿があった。

中央にはまだ燃え残る森を背にして、抜き身の忍び刀を左手に構えた頭領の不動明王の如き立姿があった。

火器も尽き、五人の忍びを相手に闘う術はなかった。

左内は藍墨茶の忍び頭巾から目だけを光らせている頭領を見やった。

頭領はさっと刀を鞘《さや》に収めた。

眼光は鋭いものの、どうしたわけか殺気は消えていた。

左内は対手の真意を疑ったが、とりあえずは様子を窺《うかが》うべきだった。左内も殺気を消すように努めた。再び闘いの火蓋《ひぶた》を切るのはいつでもできる。

「小屋の中に女がおったろうに……。おぬし、細川三斎《ほそかわさんさい》のひそみに倣ったか」

頭領は静かに口を開いた。

幾たびか干戈《かんか》を交え、言葉を交わすうちに気づいてきたが、頭領はどこかに滑稽《こっけい》なところを持っていた。左内は何度かの闘いを通じて、この男に中忍《ちゅうにん》同士の親しみを覚えていた。

　頭領は、熊本細川家の祖である三斎忠興《ただおき》の逸話を指していた。

　忠興の内室は類《たぐ》い希なる美貌《びぼう》を世に知られた明智光秀《あけちみつひで》の娘たま（ガラシャ）だった。忠興は内室を偏愛し、日頃より他の男がその顔を見ることを固く禁じていた。忠興の妬心《としん》は強く、うっかり見とれた植木職人を即座に手討ちにしたほどだった。

　関ヶ原の戦いの折に、西軍に人質に取られそうになったたま女は自害したが、忠興の命でその亡骸は敵に渡る前に屋敷もろとも吹っ飛ばされるはめになった。

「伊賀にも同じ訓《おし》えはあろう。忍びは死顔を他者に見せぬもの」

「なるほどの。ところで、おぬしにもう一度会いたかったぞ」

　頭領の口調にはどことなく親しみが感じられた。

「わざわざ訪《おとの》うてくれたか」

「おぬしは、時津街道の折、配下の者がすべて忍びを捨てるまで、江戸の尾張甲賀は滅びぬ。と、そう申したな」

「言うたさ。それがどうかしたか」

「おぬしの覚悟、同じ忍びとして感じ入った。この言葉を聞いてから、おぬしを蝗《いなご》か何かを潰すように殺したくはなくなってのう……。どうだな、一騎打ちと参ろうではないか」

「馬鹿を申すな。忍び同士の果たし合いは珍しかろう」

忍びは機を見て自分に有利な方途を選ぶものだ。

左内を殺したければ、単に下忍たちに毒矢を射ろと命ずればよいだけだった。この男は忍びには向かない気性の持ち主であるようだ。

「いやいや、わしはおぬしには借りがある。望み通りに尾張甲賀衆の息の根止めてくれよう。この残っている弓手《ゆんで》でな」

頭領は言いしな、左手で己の右袖を捲《まく》って見せた。

右手は二の腕あたりから失《な》くなっていた。

「おお。その馬手《めて》は……」

「甲賀の毒はきついのう。わしの馬手はあの渓《たに》で自ら切り落とすよりほかに為《な》す術《すべ》はなかったぞ」

頭領はからからと笑った。

太い声で磊落《らいらく》に言うそのさまは、忍びよりも元亀天正の頃の豪傑を思わせた。

隻手で闘うからには、よほど、刀技に自信があるのだ。

もともと、伊賀は甲賀に比べ集団戦には秀でていないが、すぐれた刀術を修めた者が多い。自分の左半身は自ままに動かぬから、勝機は五分の闘いといったところか。

「俺もただでは死なぬ。仲間たちや女の弔い合戦ぞ」

左内は静かに言って刀を抜いた。

「いざ、参るぞ」

忍びには珍しい三尺を超える長刀を左手で抜くと、頭領の全身から強い殺気が放たれた。あたかも、不動明王の光背たる火焔が燃え立つように見えた。

頭領は左手ですっと中段に構えた。

左内はわずかに左足を踏み出し間合いを計りながら、対手の太刀筋を読んだ。

隻手の頭領は、尋常の斬《き》り込み方はしてこないはずだった。

ずずっずずっとお互いの爪先《つまさき》が地を擂《す》る音が響いた。

頭領は二、三歩だだっと身を進め、いきなり六尺近くも跳躍した。

「死ねやーっ」

宙空で叫びながら、対手は真っ向上段からの唐竹割で攻めてきた。

左内は敏捷《びんしょう》に右に身体をひねってかわすと左膝を突いた。

逆手で対手の左腕を上方へと薙《な》ぎ払った。

右手に確かな手応《てごた》えがあった。

刀の柄を握ったままの頭領の左手が、ごろんと地に転がった。

だが、次の刹那、左内は左の脇腹に激痛を感じた。

頭領は左の二の腕から血を噴き出しながら、信じられない力で左内の脇腹を蹴《け》った。

脇腹は炎《ほのお》で焙《あぶ》られるように熱い。

頭領の左足の忍び足袋には毒を塗った刃が仕込まれていたのだ。

「見事だ。伊賀の刀術、たしかに見せてもらったわ……」

「おぬしの腕もなかなかだったぞ。おぬしの生命《いのち》と引き替えに、とうとう、わしは両の腕《かいな》を失うた」

肩の下から大量の血潮を噴き出しながら、頭領は呻《うめ》いた。

背後から下忍が駆け寄って、激しい勢いで出血し続ける頭領の腕を晒《さら》しで縛り上げた。

「は、早う手当をせぬか……」

左内は頭領を気づかう言葉を口にした。

自分が助かる見込みはまったくなかった。

毒刃で臓腑《ぞうふ》を傷つけられたのではたまらない。

唇が、喉が乾く。心ノ臓が痛いほど動悸《どうき》が上がってきていた。悪寒が全身を襲った。

「念には及ばぬ。忍び同士ゆえ菩提《ぼだい》は弔わぬぞ」

頭領の声が井戸の底で聞くもののように、輪郭がぼやけて遠くで聞こえた。

「ああ。我が骸《むくろ》を海に投げ捨ててくれればありがたい……」

毒はすでに全身にまわり始めていた。脇腹を手で押さえ前屈《まえかが》みにしゃがみ、苦しい息の下から、この言葉を出すのが精一杯だった。

敵のいる場所で左内は生まれて初めて仰向けに伏した。

東の空を見上げると、樫の森の上に七つ星が変わらぬ輝きを見せていた。

（今頃、雪野は天上で羽衣を舞うておろうや……北斗の神よ……謝します）

左内は為すべきことを成し遂げ得た自分に満足した。

（雪野……お前と出逢えたことが、俺がこの世に生きてきた証しなのかも知れぬ）

自分の行先は修羅道以外にはない。

思いに応えるように、夜空から透き通った衣を身に着け白い総髪に長い白髯《はくぜん》を生やした仙人に似た老人が自分のほうに音もなく近づいてきた。

突然、星空がぐるりと廻ると、視界は黒い帳に覆われてしまった。

耐え難い寒さの中で、地に横たえた身体はどこまでも続く深い谷底に落ちてゆく。

左内の意識は、それきり再び戻ることのない闇の中に遠のいていった。

3

身体が闇の中に舞い上がる。

うなる風が四肢を冷たく通りすぎてゆく。

雪野は宙を舞う天人となった。

粗末な黒橡の小紋の袖が、風にはためく羽衣となった。

目の前に広がる東の空には、紅《あか》い平家星と白い源氏星が澄んだ輝きを見せていた。

阿蘭陀船の大筒にも勝る耳をつんざく轟音が響いた。

身体をひねり苫屋の台地を見下ろした。小屋のあったところには、紅蓮《ぐれん》の炎が赤い波となってゆらめき、あたりの樫の森をあかあかと照らしていた。

(左内どのは……)

雪野は目を凝らして左内の姿を炎の周りに見出《みいだ》そうとした。

だが、すぐに身体が角力灘に吸い込まれてゆき、視界を暗い闇が包んだ。

雪野はゆっくりと吸い込まれるように墜ちてゆく身体を空のただ中で開いていった。

――この苫屋での日々は、あの世でも忘れぬぞ
最後に聞いた左内の声が頭の中で繰り返し響き続けた。

（左内どの。忍びとしてお育て頂き、尾張の御家にお仕えできた幸せは忘れませぬ。ひとときでもおまえさまのような殿御を思うことがかなうて、雪野は女冥利でございました）

雪野の頬を伝わった涙が宙にはじけ飛んだ。

瞑目《めいもく》した雪野は、忍びとして華々しく散りゆく左内の玉の緒に香華を手向けた。

終章　おらんだ出船

1

エンクハイゼン号の船首甲板《カスティージョ》に立ったラファエルは、すでに数時間、右舷《うげん》と左舷を落ち着きなく往き来していた。

どう考えてもまともな行動ではなかった。馴《な》れぬ出島の幽閉生活で頭がおかしくなったと思われても不思議はない。だが、ラファエルには他人の目を気にしている心の余裕はなかった。

（やはり、無理か……）

ラファエルの待つ船影は一向に現れない。右舷側には伊王島の西岸が黒く低い稜線《りょうせん》で星空を隠していた。左舷側は角力灘のさざ波が月光に煌《きら》めいて月の道を作っているだけだった。

北海に臨むネーデルラントの古い港町の名を冠したＶ・Ｏ・Ｃの商船は、昨夜から長崎港外、伊王島北端の真鼻《まはな》沖に碇泊《ていはく》していた。

出島を離れた蘭船は、なぜか港内で数日を過ごすことが多く、年によっては港外に出て、沖合でさらに何日か碇泊してから五島沖へ去る奇妙な行動をとっていた。

旧暦九月二十日は是が非でも長崎湊を離れなければならぬ定めだったので、この日が無風の場合には、風待ちが必要でもあった。

だが、蘭船は、表向き風待ちしながら、長崎警固の任に就いていた佐賀鍋島家や福岡黒田家など北九州の諸家中を相手に密貿易を行っていたのであった。

今回の出帆に際しては予定通り港内で三泊し、伊王島沖で二泊目を数えているので、日付けが変わって日本の暦では九月二十五日、船内の西洋暦で十一月の六日になっていた。

「ハステル先生。寝ないのかね」

甲板を歩む足音に振り返ると、壁面から突き出た洋灯《ランパラ》のやわらかな灯《あか》りの下にミッシェル・ド・ブリュフ船長が立っていた。

「これは船長。こんな遅い時刻にご苦労さまだね」

「もう何時間もそうしているじゃないか。まだ、例の荷を待っているんだね」

「荷が着く約束は今夜のうちなんだ。万に一つも届くことがあれば、寝ているわけにはいかない」

「前の八点鐘に、サガからの荷が揚がった。陸風はいい追い風になってきていた。すまないが、夜明けとともに出帆せざるを得ない」

「君には航海への責任がある。これ以上、わがままを言うつもりはないよ」

「許してくれ。昔なじみの君の頼みだからこそ、夜明けまで待ったんだよ」

「ありがとう……」

（……ハビエル）

ラファエルは船首楼へ去りゆく船長の背を眺めながら、心の中で本名で呼びかけた。

船長は、ラファエルがマルケス軍医正だった頃に乗り組んでいたサン・フェリペ号で仲のよかったハビエル・ファン・レージェスだった。

このエンクハイゼン号ではフランス人の雇われ船長というふれこみで操船指揮をとっていた。レージェス大尉は少佐に昇進し、マルケス調査官に遅れること二年、同じようにエスパーニャ海軍から情報将校として東アシアに派遣されていた。

昔年の勢いのなくなった連合東インド会社の商船には、すでにこの時期から外国人船員が増えていた。フランス人船員がV・O・Cに職を求めても特段に奇異な話ではなかった。

夜気を破って夜半直から朝直への交替を告げる八点鐘が鳴り響いた。午前四時にあたる。

零時頃に出た下弦の月は東南の空に輝いていた。夜明けはそう遠くはなかった。ラファエルの胸に焦燥感が募ってきた。

月はやがて、雲の中に隠れてしまい、海上を闇《やみ》が包んだ。

左舷と右舷、何百回の往き来を繰り返したか。

ついにラファエルが待ち望んでいたものが見えた。舳先《へさき》の向こう、左舷側に小さな花火が上がった。

か細い小さな光の円弧に過ぎなかったが、ラファエルの目にはまるで雲間から差し込む「天使の梯子《はしご》」の陽光にさえ見えた。

（来た！）

約束の荷は届いたのだ。

「難船者だ！」

叫びながら、船首楼へ走り込んだラファエルは一気に上甲板《クビエルタ・アルタ》へと駆け上がった。

叫び声を聞きつけたブリュフ船長が給仕を伴って後部の船室から飛び出して来た。

「難船者発見。左舷側、灯《あか》りをつけろ」

望遠鏡で海を眺めながら船長は号令を発した。大音声のブリュフ船長の命令に左舷側甲板の灯りが一斉に点《とも》されていった。

左舷の甲板から遥《はる》か眼下に小さな手漕船《バルカ》が懸命に漕《こ》ぎ寄せているのが見える。伊王島は右舷側だが、あえて舳先を廻ってきたのは陸地からの視線を避けようとしたのだろう。調子のよい艪音《ろおと》がラファエルの耳にもはっきりと聞こえてきた。

ラファエルは手漕船に乗る人の姿を確かめようとした。が、月が隠れてしまったために左舷の舷側灯だけでは、薄ぼんやりとした人影が見えるだけだった。

もし天使《アンヘル》のように羽根を持っていたら、空へ飛び立ち、船に乗る人に手を差し延べたい。ラファエルは真面目《まじめ》に考えた。

「縄ばしごを下ろせ。移乗は二名」

船長の命令で二人の屈強な水夫が舷側から身を翻し機敏に駆け下りていった。

ラファエルは縄ばしごに駆け寄りたかった。

だが、ほかの船員の手前、目立った行動は差し控えなければならなかった。歯ぎしりする思いでラファエルは、船長の隣の位置に留まった。

縄ばしごから茶色い髪が覗《のぞ》き、先頭の水夫が登ってきた。次いで、黒髪で髷《まげ》を結ったハポンの男の顔が見えた。がっしりとした体格の背の低い男の姿には、見覚えがあった。漁夫のような粗末な衣服を着てはいるが、通訳官の安保に間違いなかった。

(サナイは約束を守ったぞ)

ラファエルの胸はこれ以上ないくらいに拍動した。眩暈《めまい》が襲う。距離感が狂い、安保の姿が大きくなったり小さくなったりした。

(もう一人。もう一人だ!)

ラファエルは両の拳《こぶし》を握りしめた。心臓が飛び出しそうだった。

手拭《トアジヤ》で包んだ頭が見えた。移乗した水夫ではない。とすれば……。

「ああ、主よ。ラファエルに、ご加護を」

胸の前で手を組んだラファエルは心の中で十字を切った。

白い細面と黒目がちの瞳《ひとみ》がラファエルの眼に映った。

「ユキノ。ユキノ。おお、わたしのユキノ!」

紛れもなく雪野の姿であった。

折しも月明かりが雲間から出た。

安保と同じような縞《しま》模様のくすんだ紺色の木綿服姿の雪野を照らした。

「フランシスコ・デ・スルバランの聖母だ!」

月光の輝きを背景に下弦の月に乗って地上に降り立つ、罪なき乙女の面差しを持つ聖母。

恥ずかしげに目を伏せた雪野の姿に、ラファエルは、マドリード時代に見たマリアの誕生と神聖性を象徴化した写実的な宗教画を重ね合わせた。

雪野は緊張した面持ちで立っていたが、甲板に立つラファエルの姿を認めると、一瞬、激しい歓《よろこ》びの表情を浮かべた。

粗末な衣装の胸元でアンダルシア石が鈍い紅色に輝いていた。ラファエルは駆け寄って抱き上げたい気持ちを必死で抑えた。

「ニーマン。当直は君だな。当直日誌に記し給《たま》え。午前四時、伊王島沖合にて難船者二名を救助。ともに清国人の男性」

ブリュフ船長は事務的な口調で命じた。当直航海士は困惑顔だったが、とりつく島のない船長の表情に、機械的に復唱した。

「かしこまりました。午前四時、伊王島沖合にて難船者二名を救助。ともに清国人の男性。以上を当直日誌に記録します」

船長は航海士に向かって軽くうなずくと、あたりにいた者すべてに宣言するように言った。

「難船者は船長室で訊問《じんもん》する。ハステル先生、二人の健康状態を見て貰《もら》いたい。一緒に来てくれ。なお、本船は間もなく出帆する」

船長は背中を向けると先に立って、船尾楼《アルカサル》にある船長室へと歩き始めた。二人の水夫に介添えされた雪野と安保が続き、ラファエルは最後尾から船尾へと向かった。

雪野の細い肩が月の光に照らされて揺れていた。

2

エンクハイゼン号の船長室は小さいながらも、ネーデルラント船には珍しく装飾性に富んだバロック様式の瀟洒《しょうしゃ》な空間だった。壁にはカラヴァッジォ派のヘリット・ホントホルストの手になる微笑を浮かべた少女の像が掲げられ、床には中国製の分厚い絨毯《じゅうたん》が敷かれていて小貴族の居室のようでもあった。

部屋の中央に設《しつら》えられた大きなチーク材の卓子に、船長付給仕の少年がブランディが入った四つのバソを並べた。

「わたしがよいと言うまで、誰も入って来ないように」

給仕の少年は海軍式に右のこめかみのあたりで手の甲を見せる敬礼をして去った。

これからの会話は稲右衛門に対しての質問の形で、ネーデルラント語で行われることになった。

「わたしから訊ねてもいいかね」

ブリュフ船長に遠慮して言うと、船長は右の掌《てのひら》を宙で扇がせ、ラファエルに質問を始めるように促した。

「君たちは暗殺者に追われていたのではないのか。暗殺者たちはやって来なかったのかね」

暗殺者からの逃亡が、雪野が出島を出なければならなかった一番大きな理由だったはずである。

「いいえ。やってきました」

稲右衛門は恐怖の日を思いだしたのか、顔をこわばらせた。

「君たちはどこに隠れていたのかね」

「わたしたちは長崎の街から山を西側へ越した鳴崎という岬近くの荒地へ逃げました……が、身を隠していた苫屋《とまや》に伊賀者たちの襲撃を受けました」

「伊賀者とは、いったいどんな存在なんだね？」

「左内さまに負けない武術を持った手練《てだ》れの暗殺者たちです。相手は十人もおり、わたしたちが敵《かな》う見込みは初めからありませんでした」

「で、では、サナイさんは？」

「この闘いで、左内さまは非業にも斃《たお》れられました」

悲しみに耐えるように稲右衛門は、目を伏せて静かに言った。

言葉はわからなくとも、左内の名が出たからか、雪野の瞳《ひとみ》から涙が溢《あふ》れ出た。

「おお、慈愛にあふれる主よ！　サナイさんに永遠の安らぎを与えたまえ」

ラファエルが十字を切ると、ブリュフ船長もこれに倣った。しばし、船長室に雪野のしずかな嗚咽《おえつ》が続いた。

「君たち二人が、暗殺者から逃げられたのはどういうわけなんだね？」

「それは、左内さまの秘術『羽衣』のおかげです」

「ハゴロモ……どんな術なのかね」

「わたしと左内さまは、最後の逃げ場となった苫屋であたりの竹を伐《き》って骨組みを作り、長門屋から持ち込んだ絹布を縫い合わせ張りつけて傘を作りました。差し渡し六バラ（約五メートル）はある大きな傘です」

「六バラもある傘だって？　苫屋で君たちが作ったわけか」

「はい。縫い上げた傘は椎《しい》の実で黒く染めあげました。次いで左内さまたちが寝起きしている部屋の隣、断崖に向いた作事場に置き、木の葉などで遠くからは見えないように隠したのです」

一気に喋《しゃべ》ると喉が渇いたのか、稲右衛門はブランディを口にした。ラファエルが琥《こ》珀《はく》色の液体を注《つ》ぎ足すと、軽く会釈をして稲右衛門は言葉を続けた。

「敵が攻めて参り、もはやこれまでというときに、この傘を雪野さまは麻縄で背負いなさり、支度が調うと左内さまに笛の音で合図をされました。雪野さまは裏の戸口から海に向かって大きく飛び立ちました」

稲右衛門は唇を舐《な》めて言葉を継いだ。

「術は狙い違わず首尾よく参り、傘はゆっくりと海に落ちてゆきました。これがために雪野さまは身を損ないませんでした。わずかの間ではございますが、人が空を飛ぶことができる、これが左内さまの編み出された『羽衣』なのでございます」

ラファエルとブリュフは同時に唸《うな》った。

「崖下の小屋で寝起きしていたわたしは、左内さまの使う火器によって闘いの始まりを知ると、すぐに小舟を海に出しました。幸い、月はまだ出ておらず、あたりは真っ暗です。笛の音がやんでわずかの間を経ると、かねてよりの示し合わせの通り崖上の苫屋は跡形もなく吹っ飛びました」

稲右衛門は淡々と話しているが、きっかけを一つ間違えれば、雪野自身も木っ端みじんだったはずだ。話を聞いているだけで、ラファエルの背に汗が幾筋か流れ落ちた。

「しばらくすると、わたしのいるところから、七百バラ（約五八六メートル）付近の海上に蛍火が広がりました」

「蛍火だって？　どんな方法で蛍火を点《とも》したんだ？」

「白波《しらみ》（夜光虫）の死骸を乾燥させたもので、水に濡《ぬ》れると青白く光ります。甲賀では、夜間の山道などで行動するときの目印として多用していますが、雪野さまは着水した目印に白波を撒《ま》いたのです」

「夜の海で落水者があったときなどに使える技術かもしれない。後日でよいから、改めて詳しく教えて貰いたい」

　船長の請いに稲右衛門はうなずくと物語を続けた。

「わたしはすぐに漕ぎ寄せ、雪野さまを舟に救い上げることができました。取り敢《あ》えずわたしの寝起きしていた崖下の小屋に難を避けましたが、夜が明けても、伊賀者は襲ってきません。わたしは雪野さまをお乗せして二里の海を渡って、この伊王島の西岸に身を隠して、皆さまの船と下弦の月をお待ちしておりました」

　ラファエルは左内たちの技術力に驚いた。エスパーニャ海軍にも彼らのような集団が存在したらどんなにか心強いだろう。

「左内さまは、苫屋を爆砕して雪野さまを敵の目から永遠に隠したのです。爆死したと信じ込ませることによって、敵の首領が雪野さまを追う畏《おそ》れはなくなりました」

稲右衛門はここまで言うと言葉を切って中空を見つめた。

（やはり、サナイはサムライだった）

約を違えず己が身を犠牲にして他者の幸福をまもる。左内は紛れもなくサムライだった。だが、このハポンの国で知り合えた唯一人のサムライとは、もう永遠に会えないのだ。

《わたしは……わたしは……》

突如、雪野が椅子から立ち上がると、感に堪えない叫び声を上げた。ラファエルが目顔で通訳を請うと、稲右衛門は太い眉《まゆ》をぴくりとさせてうなずいた。

《出島を出でてより後、ずっと左内どのとともに死ぬる心算でございました。されど……》

雪野は眉間《みけん》に深い皺《しわ》を寄せ、まるで怒っているかのような表情で言葉を継いだ。

《されど、あの方はそれを望まなかった》

喉の奥から絞り出す雪野の声だった。

《左内どのが利かぬ手に鉈《なた》を持ち、懸命に竹を伐って羽衣を作り続けておられる姿を見て、死んではならぬと想いが変わりました。あのお方は苫屋の明け暮れに、雪野よ、生きよと背中で訴えておられたのです。わたしが死ぬることはあの方を苦しませる罪でしかなかった……》

雪野は突如、激しくかぶりを振って身悶《みもだ》えした。

《いいえ、違う。さような綺麗事《きれいごと》ですませてはいけない！》

白い頬に一筋の涙が伝わって、船舶用アラニャの灯りに光った。

《そうです。最後の最後になって、わたしが選んだのです。左内どのと死ぬる道ではなく、ラファエルと生くる明日を》

言葉が終わるのと、雪野が床に泣き崩れるのは同時だった。細い肩が小刻みに震えていた。

訳語を続けてきた稲右衛門は目頭をぬぐった。軍人にしては、もともと気の優しいところのあるブリュフは、目をしばたたいている。

雪野の苦しみを想うと、ラファエルの胸はつぶれそうだった。

——されば、ヘンドリックどのが長崎を離れる折には、拙者の貴き宝をお贈り申そう

出島で別れたときの精悍《せいかん》な左内の姿が心に浮かんだ。左内は、雪野の幸福だけを考

え、刺客の魔手から逃れさせるために自分に託して死んでいった。

ラファエルは心のなかで、雪野を生涯幸せにすると誓った。


夜明けとともに蘭船は出帆した。

船尾楼の背面いっぱいに穿《うが》たれたギヤマンの格子窓の向こうにほのかに薄明るくなった角力灘の水面と伊王島のぼんやりと形を成さない島影が遠ざかってゆく。

(もう、二度と見ることのない景色)

雪野は、少しの名残惜しさも感じなかった。生まれた国だが、日ノ本で生きてきた日々は、一度として自分のものではなかった。

だが、今は違った。温かいラファエルの腕が自分を背中から包んでいた。

雪野は、今の自分の姿を天から眺めていたら、左内は喜んでくれるはずだと信じていた。

「わたし、ユキノをアンダルシアへ連れて行きます」

耳元で囁《ささや》く声が心地よく響く。

「ラファエルのふるさと……」

「そう……コリア・デル・リオという小さな町です。エンクハイゼン号のような船が行き交う大きな川のほとりです」

「よいところなのでございましょうね」

「まわりにはどこまでも葡萄《ぶどう》畑が広がっています。町の中には石畳の道が続いています。静かな美しい町です」

雪野は心の中にまだ見ぬ異国の町を思い浮かべた。

「川を望む林の中に家を借りましょう。ジャカランダの紫の花が咲く家を。二人はずっとそこで暮らすのです」

「ああ、ラファエル」

雪野は思わずラファエルの胸に顔を埋めた。

「春には隣の町、セビージャのお祭りに行きましょう。町中の人が男女一組になって踊るのです。わたしが踊りを教えてあげる。ユキノはきっとうまく踊ります」

ラファエルは熱に浮かされた子どものように未来の夢を語り続ける。

エスパニアまでの旅路は遠い。二人が無事に辿《たど》り着くためには幾多の困難が伴うに違いない。だが、雪野は、ラファエルが語る言葉が、すべて叶《かな》うと信じていた。

「淋しくないですか？」

「なぜ、淋しいとお尋ねでございますか?」

「生まれた国を離れるゆえ」

「いいえ。さかさま……」

「さかさま?」

「生まれて初めてなにも淋しさを覚えていませぬ……ラファエルと一緒だから」

偽らざる心境だった。この言葉を聞いたラファエルは、雪野の前に立って両肩に強い力で両の掌を置いた。

「おお、ユキノ、あなた、わたしの生命《いのち》」

自分を真っ直ぐに見つめるラファエルの澄んだ鳶色《とびいろ》の瞳《ひとみ》を見返すのは心地よくもあり恥ずかしくもあった。

「お願い。雪野をはなさないで。ラファエル」

雪野は、同じ言葉をまったく違う心根で口にしている自分に気づいた。出島の時とは違って、この歓《よろこ》びは仮のものではない。自分を護《まも》り慈しむラファエルが、永遠に側《そば》にいる。自分ももはや満汐という仮身ではない。

「はなさぬ。この身体が八つ裂きになっても護ります」

ラファエルの胸に顔を埋めると、雪野の頬を一筋の涙が伝わった。このような仕合わせを知らぬ雪野は、自分の想いを言葉にすることなどできなかった。

「アニオーさんのごたる……」

恥ずかしさを隠して、雪野は小さくつぶやいてみた。

雪野は、荒木宗太郎に生涯慈しまれた王加久《わかく》の話を想い出していた。

この先、どんな運命《さだめ》が待っているかはわからない。異境の地で馴《な》れぬ暮らしに悩む日も来るかもしれない。だが、自分を包むラファエルのこの胸がある限り、つらいことなど何もない。海を越えて輿入《こしい》れしてきたアニオーさんは、必ずや満ち足りた生涯を送ったはずだ。

雪野には、アニオーさんのごたる今の自分が信じられなかった。よしや夢であるのならば、いつまでも醒《さ》めないでほしい……雪野はつよくつよく願った。

夜明けの空は、藍鼠《あいねず》から薄紅色に、茜《あかね》に変わってゆく。すべての色彩が蘇《よみがえ》る時間だった。雪野の目には、金色の陽が昇る稲佐岳が、後光射す弥勒菩薩《みろくぼさつ》の姿にも見えた。

やがて、金襴《きんらん》の菩薩尊は海面から立ち上る朝もやのゆらめきに消えていった。

解説

吉川邦夫

作者は、一九六二年生まれ。ビートルズがデビューし、007シリーズ第一作が公開された年である。それとは何の関係もないかもしれないが、本作『私が愛したサムライの娘』は、本格的な時代小説でありながら、ポップで歯切れのよいリズム感と、仕掛け満載のスパイアクションを思わせる興奮に満ちている。

その語り口はとても映像的である。主人公二人のファーストコンタクトを描写した序章がすでに映画のアバンタイトルのようなイメージを喚起するし、忍び同士のスピード感に満ちた戦いのシーンはもちろん、出島で世界規模の極秘計画が語られるシーンまで、私たちは映画化あるいはドラマ化されたこの物語をあらためて脳内再生するかのように、場面場面を映像として思い浮かべながら物語を追っていくことができる。読む人の世代によって、キャスティングは違うだろうが、それぞれのラファエル、それぞれの雪野が、見事にこの役を演じてくれていたはず。

もちろん、映像的な描写で描かれた時代小説はこれまでにも多々ある。しかし、この作品にはどこかそれ以上の映像感がある、と感じていたのだが、あらためて読み返して気がついた。この作品には、長い独白、長い内心の描写がほとんどみられない。これがとても映像的なのだ。「主人公たちの内面に踏み込みすぎないこと」が、絶妙なさじ加減で守られている。描かれるのは、映像なら役者の表情から推察できる程度の内心。独白も決して饒舌《じょうぜつ》にはならず、私たちは映像的に脳裏に浮かび上がるその表情から、彼等が考えていることを想像して物語を追うことになる。それが、物語の最後に用意された幸福などんでん返しへの巧みな誘導になっている。

時代小説には「時代考証」がつきものである。歴史に刻まれていることを背景に物語を起こしていく以上、それは必然で、時代考証がしっかりしていれば、フィクションに重厚なリアリティを与えてくれる一方、おろそかにすれば説得力のない薄っぺらな印象を読者に与えてしまう。ただし、記録に残されていることをそのまま事実として受け容《い》れるのが時代考証の正しい態度とは言えない。なぜなら、その記録は、誰のどのような意思で、いつ書かれたのか、そして、それとは異なる見方で書かれた物はどこかに残っていないのか、あるいは、全く残っていないとしたら、それは、疑いない明白な事実だからなのか、それとも、誰かが、別の見方をあえて封じたいと考えた結果として行われた意図的な操作なのか。そこまで読み解かねば記録はわかっても、真実は浮かび上がってこないからだ。過去の記録の残存も、すべて誰かが「意思を持って」そうしようとしてきたものであることを忘れてはならない。いつの時代でも支配者は、自分たちを正当化するために、可能な限りの情報をコントロールしようとするものだ。もちろん、その一方でそれをかいくぐって、何とか別の記録を残そうとした者もいたはず。それを意識して史料を読みこめば、そこにフィクションの作り手たちが想像の翼を広げる無限の行間が潜んでいることに気がつく。

そこには、「あり得たかもしれない歴史の別の流れ」が浮かび上がってくることもある。エスパニア王国（スペイン）と尾張藩が組み、八代将軍吉宗政権の転覆を謀る。こう書いてしまえば荒唐無稽と思われかねないストーリーにリアリティを持たせるのが、史料を読み込み、その行間・裏側を推し量る力だ。作者は、風紀を乱す悪役として描かれることもままある徳川宗春を、行き過ぎた倹約令に異を唱える政治家として造形し、リベラルな意識をもった庶民の味方として描き出した。史実として伝わる、徳川宗春のあまりにも厳しい蟄居の処罰は、もしかすると史上空前の大クーデターが直前に潰《つい》えたことの結果だったのかもしれない。だとすれば、どんな人間が、どのように関《かか》わって、その結末に導かれていったのか。こうして『私が愛したサムライの娘』の背景に、起こり得たかもしれない、別の歴史の選択肢が浮かび上がる。宗春への評価が厳しい幕府の公式記録『徳川實紀』を引いたことが、かえって吉宗の側から書かれた「意図」を深読みさせる仕掛けとなり、主人公たちが共鳴した鳴神史観に我々も巻き込まれていくことになる。

一方、こうした大胆な設定に説得力を持たせているのが、マニアックなディテールの描写だ。甲賀・伊賀の忍びたちが跋扈《ばっこ》するこの物語に出てくる忍術には、皆「科学」がある。火薬や毒薬の詳細な描写を始め、序盤に登場する浄蔵の術（心臓マッサージを含む蘇生術）、最後に劇的なガジェットとして使われる闇夜の羽衣（ハンググライダー）。すべてに「その方法なら、当時でも本当に実行可能だっただろう」と思わせてくれる説得力がある。また、長崎でふるまわれるポルトガル風料理「ヒカド」の詳しいレシピ。エスパニアの軍船が砲撃を受けた際に、ラファエルが施した足の切断手術の詳細。まさに映像的に、その場に居合わせた臨場感を与えてくれる。

映像の世界では、時代劇の衰退が語られるようになって久しい。映画でもテレビドラマでも、かつて時代劇はひとつの重要なフィクションのジャンルとして、それなりの量が作られ続けていたが、現状は寂しい限りである。結果として、子ども時代に「時代物」に親しんだ記憶のない世代が生まれつつある。とても残念なことだ。

時代劇というフィールドは、一見制約だらけのようだが、実はフィクションのあらゆるジャンルを取り込むことができる大きな器だ。妖怪や幽霊が当然のように息づくＳＦホラーも、００７ばりのスパイアクションも、人間同士が意地のために命のやりとりをする状況も、日常の中に違和感なく存在する世界。一方、何事も無く静かに過ぎていく老夫婦の心の機微だけで物語を紡ぐこともできる。

時代劇は、かようにバリエーション豊かで振れ幅の大きいフィールドである。時代小説もしかり、である。

作者は、そんな時代小説のフィールドに、地球規模のロマンスを持ち込んだ。異文化同士の邂逅《かいこう》には常に驚きと、わくわくさせてくれる発見がある。この物語では、身分を隠したエスパニアの情報将校と、甲賀の女忍者のふれ合いによって、その驚きと発見が紡ぎ出されていくのだが、長崎くんちの場面では、朱印船貿易の豪商・荒木宗太郎とアニオーさんの逸話に言及し、この物語が文化の壁を越えた男女の愛の成就に到達することを暗示する。異文化間相互理解の高い壁と、それを乗り越えることの大きな意義、そして、そこで切り拓かれるであろう、異文化共存への希求は、今を生きる私たちのテーマとしても、とても重要なものだ。

大胆な日本史解釈、スリリングな冒険活劇に加えて、この異文化共存の視点を持ち込んだことで、作者はあらゆる年齢層が楽しめる時代小説の構築に成功した。時代物に慣れていない読者にとって、江戸期までの日本の風俗習慣を見る時の違和感は、むしろエスパニア王国の情報将校ラファエルが出島から日本を見た感覚に近い。その一方で、日本人である雪野がラファエルと共に生きていく道を選ぶプロセスは、異文化の人間に偏見抜きで接するグローバルな意識と、日本人が築き上げた独自の文化への誇りが共存可能であることを感じさせてくれる。

　この作品は、時代小説に初めて触れる若い読者への入り口としてもとても素晴らしいポテンシャルを持っている。また海外の読者からの共感を得られる可能性も十分にあると思う。映像化も楽しみだが、外国語への翻訳も試みてはどうだろうか。
「時代物」の大きな振れ幅を存分に使いこなす鳴神響一が、日本の様々な時代背景から、次はどんな想像を超えた物語を描き出してくれるのか、今後の作品が心から楽しみでならない。若い世代にも読み継がれる時代小説を、ぜひ次々に世に問うていただきたい。

（よしかわ・くにお／映像ディレクター）

時代小説文庫
な13-1

私《わたし》が愛《あい》したサムライの娘《むすめ》

著者 鳴神響一《なるかみきょういち》

2016年1月18日第一刷発行

発行者 角川春樹

発行所 株式会社 角川春樹事務所
〒102-0074 東京都千代田区九段南2-1-30 イタリア文化会館

電話 03(3263)5247[編集] 03(3263)5881[営業]

印刷・製本 中央精版印刷株式会社

フォーマット・デザイン＆シンボルマーク 芦澤泰偉

ISBN978-4-7584-3976-3 C0193

http://www.kadokawaharuki.co.jp/[営業]
fanmail@kadokawaharuki.co.jp[編集] ご意見・ご感想をお寄せください。